KB163269

페드로 파라모

Pedro Páramo

PEDRO PÁRAMO
by Juan Rulfo

세계문학전집 93

페드로 파라모

Pedro Páramo

후안 룰포

정창 옮김

민음사

후안 룰포, 그 충격

가브리엘 가르시아 마르케스

후안 룰포의 발견은 — 프란츠 카프카의 발견이 그랬듯 — 내 회고록의 중요한 장이 될 것이다. 내가 멕시코에 도착한 것은 어니스트 헤밍웨이가 스스로 생을 마감한 1961년 7월 2일로, 나는 그때까지 후안 룰포의 책을 읽은 적도, 그에 대해 들어본 적도 없었다. 당시 나는 안수레스 지역의 레난가에 위치한 승강기 없는 아파트에서 메르세데스와 채 두 살도 안 된 로드리게스와 함께 살았다. 넓은 침실 바닥에 더블 매트리스가, 다른 방에 유아용 침대가, 거실에 식탁 겸 책상인 테이블과 만능으로 사용하는 의자 두 개가 전부였다. 우리는 맑은 공기에 거리마다 꽃이 만발한 아직까지는 인간적인 크기의 도시에 머물기로 작정했지만, 이민국은 우리의 행복을 공유하지 않는 것 같았다. 우리 삶의 절반은 내무부의 참회 공간에서, 때때로 빗속에서 꿈쩍 않는 줄을 지키며 지나갔다. 내 나이 서른두 살이었다. 이미 콜롬비아에서 저널리스트로 덧없는 경력을 쌓은 후에 무척이나 유용하면서 힘들었던 파리에서의 삼 년과 뉴욕에서의 팔 개월을 보냈던 나는, 멕시코에서 영화 대본을 만들고 싶었다. 당시 멕시코 작가들의 세계는 콜롬비아와 비슷했기에 그들과 사이가 좋았다. 한편 나는 육 년 전에 이미 첫 번째 소설 『썩은 잎(La hojarasca)』을 출간한 데다 그때까지 미발표 상태의 작품이 콜롬비아에서 나온 『아무도 대령에게 편지하지 않다(El coronel no tiene quien le escribe)』, 비센테 로호의 권유로 에라 출판사(Editorial Era)가 출간한 『암흑의 시대(La mala hora)』, 단편집 『마마 그란데의 장례식(Los funerales de Mama Grande)』 그리고 단편집 증보판까지 네 종이었다. 따라서 나는 남몰래 다섯 권의 책을 쓴 작가였는데, 그때까지는 유명세가 아니라 나를 원하는 친구들을 위해 글을 썼고, 그 뜻을 이루었지만 한 가지 문제가 있었다. 그것은 소설가로서의 문제로, 나는 그 책들을 쓴 뒤에 막다른 골목에 갇혀버린 것 같았고, 어떻게든 거기서 빠져나올 길을 모색하고 있었다. 그 길을 제시할 좋은 작가와 나쁜 작가를 잘 알고 있었지만 어쩐지 동심원을 따라 빙빙 도는 것 같았다. 나 자신이 지쳤다고는 생각하지 않았다. 그 반대였다. 아직은 내놓을 책이 많았지만 그것들을 쓰는 데 있어 시적이고 납득시킬 만한 방식을 모를 뿐이었다. 그러던 어느 날, 책 꾸러미를 손에 들고 우리 집 7층까지의 계단을 성큼성큼 걸어 올라온 알바로 무티스가, 그중에서 가장 작고 얇은 책을 빼내더니 숨죽여 웃으며 말했다. "아주 웃기지도 않은 건데, 젠장, 읽고 좀 배우라고!"

『페드로 파라모』였다.

그날 밤 나는 그 책을 두 번이나 읽을 때까지 잠을 청할 수 없었다. 십여 년 전에 보고타의 음울한 학생 기숙사에서 카프카의 『변신』을 읽었던 끔찍한 밤 이후로 그런 충격을 받은 적이 없었다. 이튿날 단편집 『불타는 평원』을 읽을 때도 그 충격은 그대로 이어졌다. 나중에는 어떤 클리닉 대기실에서 의학 잡지에 실린 단편을 발견했는데, 또 하나의 걸작 「마틸데 아르캉헬의 유산」이었다. 결국 그 해에는 다른 어떤 작가도 읽을 수 없었으니, 그들 모두가 하찮아 보였기 때문이다.

누군가가 카를로스 벨로에게 내가 『페드로 파라모』의 단락들을 암송할 수 있다고 얘기할 때까지 나는 그 충격에서 벗어나지 못했다. 사실은 한 걸음 더 나가야 하는데, 나는 그 책을 눈에 띄는 실수 없이 앞에서 뒤로 혹은 거꾸로 암송할 수 있었고, 각각의 장면과 일치하는 페이지를 말할 수 있었고, 등장인물의 성격을 속속들이 꿰고 있었다. 나중에 카를로스 벨로와 카를로스 푸엔테스가 『페드로 파라모』의 첫 영화 각색을 비판적으로 검토하는 자리에 나를 초대했다. 여기에는 두 가지 본질적인 문제가 있었으니, 그중 하나가 등장인물들의 이름이었다. 주관적으로 만들어지는 모든 이름들은 그 이름을 가져간 인물과 어떤 식으로든 비슷하며, 이는 실생활에서보다 픽션에서 훨씬 더 두드러진다. 후안 룰포가 말했거나 그랬다는데, 그는 등장인물들의 이름을 할리스코 지방의 공동

묘지 비석에서 구했다고 한다. 여기서 유일하게 확실한 것은 그의 책에 나오는 인물들의 이름보다 더 적합한 이름은 없다는 것이다. 또한 그때도 그랬고, 앞으로도 그럴 터인데 내가 보기에 그의 인물들과 동일시되는 배우를 찾는 것은 불가능하다. 세밀한 작품 검토가 유익하면서도 안 좋은 점이 있다. 시에 대한 몰이해가 이성적인 몰이해와 반드시 동일하지 않다는 것도 그중 하나이다. 후안 룰포의 작품에서 특정한 사건들이 발생하는 달[月]의 분석은 필수적으로, 나는 작가가 그 점을 의식했는지 의구심을 갖는다. 시적인 작업——『페드로 파라모』는 최상이다——에서 작가들은 연대기가 지니는 엄격함과 달리 다른 달로 대체하곤 한다. 심지어 비평가를 혼란스럽게 만들 수 있음에도 불편한 운율이나 불협화음을 피하고자 달과 날짜, 연도까지 바꾸는 경우도 허다하다. 이런 경우는 꽃에서도 발생하는데, 어떤 작가들은 그 꽃에 상응하는 계절이나 장소에는 그다지 신경 쓰지 않고 꽃 이름의 평판만을 위해 그 이름을 사용하며, 그로 인해 해변에 제라늄이, 눈밭에 튤립이 피어나는 책을 만나는 게 그렇게 드문 일은 아니다. 한편『페드로 파라모』에서는 죽은 자와 산 자 사이의 경계선을 정확히 설정하는 게 불가능하며, 죽음의 세월이 얼마나 오래 지속되는지는 아무도 알 수 없으니, 세부적으로 들어갈수록 훨씬 더 키메라적이기 때문이다. 나는 후안 룰포의 작품에 대한 심도 있는 검토가 마침내 책을 계속 쓰기 위해 내가 찾던 길을 제시했다고, 그렇기에 모든 게 나 자신에 대한 것처럼 보이지 않고서는 그에 대해 글을 쓰는 게 불가능했다고 말하면서 이 글을 끝맺고 싶었다. 또한 나는 짤막하게나마 그에 대한 그리움을 쓰기 위해 그를 온전히 다시 읽었음을, 그의 작품을 처음 대했을 때 받았던 그 충격의 무고한 희생자가 다시 되고 말았음을 토로하고 싶다. 그의 작품들은 채 300쪽도 안 되는 분량이지만 더 많은 것들을 담고 있으며, 나는 그 작품들이 우리가 알고 있는 소포클레스의 작품들만큼이나 오래 지속될 거라고 생각한다.

---

* 이 서문은 2003년 9월 18일 멕시코에서 하코보 사블루도브스키가 진행하는 라디오 프로그램 '데 우나 아 트레스 (De 1 a 3)'가 『불타는 평원』 출간 50주년을 기념하여 마련한 자리에서 가브리엘 가르시아 마르케스가 낭독한 것으로, 1980년에 ≪프로세스(Proceso)≫ 지에 게재된 「후안 룰포를 향한 짤막한 그리움들(Breves nostalgias de Juan Rulfo)」에서 발췌 편집되었다.

* Gabriel García Márquez. Breve Nostalgias de Juan Rulfo © Gabriel García Márquez, 1980 and Heirs Gabriel Gabriel García Márquez

일러두기

1 본문에서 등장인물의 대화는 기본적으로 ─으로, 플래시백 형태의 대화 역시 ─으로, 회상이나 상념, 그리고 특정 어휘의 강조는 ' '으로, 그 사이에 끼어드는 대화 인용은 " "으로 구분하여 표기했다.

2 본문의 각주는 모두 옮긴이 주이다.

차례

코말라¹⁾에 왔다. 이곳에 내 아버지인 페드로 파라모²⁾라는 사람이 살고 있다고, 어머니가 말했다. 나는 어머니에게 당신이 돌아가시면 즉시 찾아보겠다고 약속하면서 꼭 그러겠다는 표시로 당신의 손을 붙잡아드렸다. 나로선 당신이 눈을 감기 직전이라 무슨 약속이든 다했을 터인데, 그런 나에게 당신은

---

1) Comala. 나우아틀어(語) 코마이(comalli, 토르티야를 데우거나 굽는 데 쓰는 주로 평평한 형태의 질그릇, 즉 코말(comal)을 만드는 곳)에서 유래한 지명으로, '타는 듯이 뜨거운 곳'이라는 뜻을 갖고 있다. 한편 텍스트에 나오는 대부분의 지명들(사율라, 콘틀라, 마스코타, 콜리마 등)은 멕시코 서남부의 할리스코(Jalisco) 주 부근의 지역이다.
2) Pedro Páramo. 이 작품에서 주인공의 이름은 지명이나 사물처럼 상징적인 뜻을 지니기도 하는데, '페드로'는 성경의 베드로이며, '파라모'는 사전적인 정의로 척박한 땅, 즉 '황무지'를 의미한다.

이렇게 당부했다. "꼭 가야 한다. 그 양반을 누구는 이렇게도 부르고, 누구는 저렇게도 부르나 보더라. 그 양반도 너를 만나면 반가워할 게다." 당시 나는 그렇게 하겠다는 다짐밖에 할 수 없었고, 차갑게 식어버린 당신의 손아귀에서 가까스로 내 손을 빼낸 후에도 그 다짐을 되뇌고 있었다.

그러나 생전에 당신의 말씀은 그렇지 않았다.

—부탁할 거 없다. 당당하게 요구해라. 내게 갚아야 할 것을 갚지 않았으니까…… 아들아, 우리를 저버린 대가를 톡톡히 치르도록 해 줘라.

—그럴게요, 어머니.

그러나 나는 그 약속을 지킬 거라고 생각하지 않았다. 내 머릿속이 느닷없이 꿈과 환영으로 가득 차기 전까지는. 그렇게 해서 내 어머니의 남편, 페드로 파라모라는 사람의 희망으로 에워싸인 세계가 내 앞에 나타났다. 나는 코말라에 왔다.

*

푹푹 찌는 날씨였다. 8월의 불볕 아래 비누풀[3] 썩는 냄새가 코를 찌르는데, 길은 오르막과 내리막을 반복하고 있었다. "그 길은 가느냐 오느냐에 따라 올라가고 내려가게 되어 있어. 다시 말해 가는 사람은 올라가게 되고, 오는 사람은 내려가게 되는 거지."[4]

---

3) saponaria. 심장 모양의 잎을 지닌 키가 낮은 초본 식물. 꽃은 연분홍빛을 띠며, 열매는 붉은 피막으로 감싸여 있다.
4) 본문에서 고딕체로 된 곳은 후안 프레시아도의 생모인 돌로레스의 고향

──저 아래 보이는 마을 이름이 뭡니까?

──코말라요.

──저 마을이 정말 코말라인가요?

──그렇소.

──그런데 왜 저렇게 쓸쓸해 보이죠?

──계절 탓이오.

나는 어머니가 되뇌던 추억과 향수를 통해 코말라를 떠올리고 있었다. 평생 땅이 꺼질 듯한 한숨을 내쉬면서도 끝내 돌아가지 않았던 당신의 고향, 그곳으로 내가 가고 있다. 당신의 눈빛에 담긴 코말라의 정경을 고스란히 간직한 채. "콜리모테스 고개를 넘다 보면, 푸른 벌판과 군데군데 누렇게 익은 옥수숫대가 어우러진 아름다운 정경이 펼쳐지는데, 거기서 코말라가 보이는 거야. 밤이면 희뿌연 빛에 휩싸이는⋯⋯." 들릴 듯 말 듯, 마치 당신 스스로에게 들려주는 듯한 고적한 음성⋯⋯. 아, 어머니.

──코말라에는 무슨 일로 가시는지, 물어봐도 되겠소?

──아버지를 뵈러 갑니다.

──아!

우리 두 사람은 다시 말이 없었다.

무지막지한 8월의 폭염. 비탈길을 총총걸음으로 내딛는 나귀들의 툭 불거진 눈에는 무거운 졸음이 쏟아지고 있었다.

──한바탕 멋진 잔치가 벌어지렷다.

에 대한 추억, 회고, 상념 등으로 구성되어 있다. 이러한 요소들은 간헐적으로 삽입되어 시적 효과 및 음향 효과를 내게 된다.

그가 말했다. ——요 몇 년 사이에 이곳을 다녀간 사람이 없었으니, 사람 만나는 일보다 즐거운 게 어디 있겠어.

잠시 후 그가 다시 덧붙였다.

——그쪽이 어떤 사람인지는 모르지만, 다들 반가워할 거요.

불볕 탓에 투명한 호수처럼 펼쳐진 평원이 회색 지평선 너머로 뽀얗게 흐트러지고, 더 멀리, 아직은 까마득하게 보이는 산들이 어렴풋이 그 윤곽을 드러내고 있었다.

——부친이 어떤 분인지 물어봐도 되겠소?

——모릅니다. 페드로 파라모라는 이름밖에.

——아! 그렇겠지.

——다들 그렇게 부르더군요.

나는 그가 다시 "아!" 하고 내뱉는 짧은 탄식을 들었다.

내가 마부를 만난 곳은 길이 여러 갈래로 나뉘는 로스 엔쿠엔트로스였다. 그곳에서 나는 코말라로 가는 사람을 만날지 모른다는 생각에 한참을 서성거리던 참이었다.

——어디로 가시는 길입니까?

내가 물었다.

——저 아래요.

——혹시 코말라라는 곳을 아십니까?

——지금 그곳으로 가는 길이오.

나는 그의 뒤를 따랐지만 그의 발걸음에 맞추기가 여간 힘들지 않았다. 그런데 그런 나의 사정을 알았는지 한참 만에 그가 걸음을 늦춰주었고, 그때부터 우리는 서로 어깨5)가 닿을 만큼 가까이서 걷게 되었다.

──나도 페드로 파라모의 자식이라오.

한 떼의 까마귀들이 텅 빈 하늘에 울음소리를 남기며 날아가고 있었다. 까옥, 까옥, 까옥.

수많은 언덕을 오르내리고 나자 내리막길이 시작되었는데, 뜨거운 바람이 불던 위쪽과 달리 바람 한 점 없었다. 무지막지한 열기에 마치 모든 사물의 움직임이 정지된 것 같았다.

──여긴 무척 덥군요.

──그럴 거요. 하지만 이 정도는 아무것도 아니니 마음을 가라앉히시오. 코말라에 도착하면 더할 테니까. 거긴 지옥으로 들어가는 불구덩이 위에 있어요. 오죽하면 거기서 죽은 사람들이 지옥으로 떨어졌다가도 담요를 챙기러 다시 돌아온다고들 할까.

──혹시 페드로 파라모라는 분을 아십니까?

나는 그의 눈치를 살피며 조심스럽게 캐물었다. ──어떤 분이지요?

──원한에 사무친 자요.

그는 자신의 말이 떨어지기 무섭게 채찍을 휘둘렀지만, 짐승들이 이미 저만치 앞서 가고 있었던 터라 공연한 몸짓에 지나지 않았다.

나는 셔츠 호주머니에 넣어두었던 어머니의 모습이 담긴 사진을 떠올렸다. 당신 역시 땀을 흘리고 있었던 것인가. 나는

───────────

5) 이 작품에서 '어깨'라는 단어가 들어간 문장이나 상황은 본래의 뜻 외에 '죽음'과 연관된 상징적 의미를 지닌다. 이 경우에는 마부 아분디오가 후안 프레시아도를 죽음의 세계로 안내하고 있다.

가슴이 뜨거워지는 느낌을 받았다. 어머니가 남긴 유일한 유품인 그 낡은 사진은 생전에 사진 찍는 일을 마귀의 장난질처럼 여겼던 당신이 토론힐⁶⁾ 이파리와 플로레스 데 카스티야⁷⁾와 루다⁸⁾ 가지 사이에 끼워둔 것이었다. 하긴 말이 사진이지 가장자리가 닳아 해진 데다 심장 부위에 손가락이 들어갈 만큼 커다란 구멍이 뚫려 있었으니, 어머니는 그것을 볼 때마다 자신의 가슴을 후벼 파거나 도려내는 심정이었으리라.

내가 굳이 그런 사연이 담긴 사진을 챙긴 이유는 나중에 아버지를 만나면 보여드릴 수 있을 거라고 생각했기 때문이다.

—이봐요.

그가 걸음을 멈추며 나를 불러 세웠다. —저기, 돼지 오줌보같이 생긴 산봉우리가 보이지요? 바로 그 뒤에 메디아 루나⁹⁾가 있어요. 저기, 산등성이가 살짝 드러나는 곳에. 그러면 이번에는 반대쪽에 있는 산등성이를 보도록 하시오. 저쪽과 마찬가지로 겨우 끄트머리만 보일 거요. 그런데 저 산등성이들 사이에 있는 땅이 누구 것인 줄 아시오? 그게 몽땅 페드로 파라모 거요. 자기 자식새끼들이 거적 위에서 태어나도 코빼기조차 내밀지 않던 잘난 양반이 세례식만큼은 꼭꼭 참석했

---

6) toronjil. 방향제와 경련 치료제로 쓰이는 식물.
7) flores de Castilla. 다마스쿠스 장미의 많은 별칭 중의 하나인 카스티야 장미로, 향수 제조, 식용, 약용에 쓰인다.
8) ruda. 의료용으로 쓰이는 식물.
9) Media Luna. 페드로 파라모가 거주하는 대농장(hacienda)으로, '반달'이라는 뜻이다.

다니, 가당찮은 짓도 유분수지. 필시 그쪽에게도 그랬을 거요, 아닌가요?

— 잘 모르겠군요.

— 빌어먹을, 지옥으로나 꺼지라지!

— 방금 뭐라고 하셨나요?

— 이제 다 왔다고 했소.

— 그렇군요. 그런데 이게 무슨 일입니까?

— 코레카미노[10]라고, 여기서는 저 새들을 그렇게 부르지요.

— 그게 아니라, 제가 물은 것은 이 마을입니다. 마치 사람이 살지 않는 폐허 같군요.

— 그렇게 보이는 게 아니라, 사실이 그래요. 여기엔 아무도 살지 않소.

— 그렇다면 페드로 파라모는……?

— 그 양반은 오래전에 죽었소.

*

늦은 오후 무렵이면, 거무스레한 담벼락이 서쪽으로 기우는 황금빛 햇살을 받아 그림자를 길게 드리우고, 골목마다 아이들이 소리를 지르며 뛰놀 때였다.

불과 하루 전, 그러니까 어제 보았던 사율라의 초저녁 풍경은 그것만이 아니었다. 아이들이 왁자지껄 떠들며 뛰노는 동

---

10) correcamino. 두견과의 새. 땅에 둥지를 틀고, 들판에서 먹이를 구한다.

안, 대낮의 햇살을 뿌리치듯 날개를 파닥이는 비둘기 떼가 파란 지붕들 위로 옮겨 다니는 모습도 눈에 익은 정경이었다.

그런데 이 마을에는 소리가 없었다. 나는 자갈을 밟을 때 담벼락에 부딪혀 나오는 내 발걸음 외에 아무것도 듣지 못했다.

나는 큰길을 따라 마을을 돌아다녔다. 집들은 하나같이 텅비어 있고, 낡고 부서진 대문 사이로 보이는 것은 제멋대로 자란 잡초들이 전부였다. 마부는 저 풀을 카피타나[11]라고 했던가. "카피타나는 사람들이 떠나길 기다렸다가 뿌리를 내리지요. 당신도 곧 보게 될 거요."

큰길 어귀에 들어서는 순간, 나는 머리와 얼굴을 숄로 가린 모습으로 나타났다가 마치 이 세상에 존재하지 않는 사람처럼 홀연히 사라졌던 그 여자를 다시 만났다. 그녀가 인사를 건넸다.

—안녕하세요!

나는 그 여자를 놓치지 않고 큰 소리로 물었다.

—에두비헤스 부인이 어디 살고 있는지 아세요?

그녀가 손가락으로 방향을 가리켰다.

—저기요. 저 다리 옆에 있는 집이에요.

순간 나는 그 여자의 음성이 인간의 목청에서 나오는 것이고, 그 여자 역시 숨을 들이마시거나 침을 삼키는 입과 혀와 이를 지닌 사람이라고 생각했다.

날은 이미 어두워져 있었다.

---

11) capitana. 의료용으로 쓰이는 야생초의 일종.

그 여자가 다시 나에게 인사했다. 그때서야 나는 뛰노는 아이들과 비둘기 떼와 파란 지붕을 보지는 못했지만 마을이 살아 있다는 느낌이 들었다. 그리고 귀에 들리는 것은 정적뿐이었는데, 이는 내가 아직 그런 분위기에 익숙하지 못한 탓이라고 생각했다. 어쩌면 내 머릿속이 이미 세상의 소음으로 가득차 있는 탓일지도 몰랐다.

사람들의 음성만 해도 그랬다. 마음속에 꾹꾹 채워둔 듯한 무거운 목소리인데도 공기가 부족한 탓인지 다른 곳보다 더 잘 들렸다. 나는 생전에 어머니가 들려주던 이야기를 떠올렸다. "거기선 내 말이 더 잘 들릴 거다. 얘야, 이 어미는 언제나 네 곁에 있을 게다. 나중에 내가 세상을 떠나면, 그때는 너도 알게 되겠지. 죽은 어미의 말보다 어미가 간직하고 있는 추억의 소리가 훨씬 더 잘 들린다는 것을." 어머니…… 그래서 당신의 음성이 생생히 살아 있군요.

그러나 나는 이렇게 말하고 싶었다. '어머니, 제게 말씀하신 곳은 이런 곳이 아니었어요. 당신은 잘못 일러주셨던 겁니다. 도대체 여기가 어디고, 저기가 어디란 말인가요? 여기는 사람이 사는 곳이 아닙니다. 나는 지금 이 세상에 존재하지 않는 사람을 찾고 있는 거라고요.'

나는 강물 소리가 이끄는 곳으로 발길을 옮겼다. 대문을 두드렸다. 그러나 문이 아니었다. 내 손가락은 바람이 열어놓은 듯한 허공을 두드리고 있었다. 한 여인이 서 있었다.

——들어와요.

나는 안으로 들어갔다.

*

내가 코말라에 남게 되었을 때, 마부는 작별 인사를 잊지 않았다.

—나는 저기 산등성이가 겹쳐진 곳까지 가야 돼요. 우리 집이 거기 있는데, 아무 때나 한번 들르도록 하시오. 그리고 이곳에 머물기로 했으니, 그렇게 하시지요. 여태 눈길 한번 주는 사람 없었지만, 돌아다니다 보면 누군가를 만날 거요.

—숙박할 만한 곳은 없습니까?

—도냐 에두비혜스를 찾으시오. 아직 살아 있을 테니까. 그분에겐 내가 보내서 왔다고 전하시오.

—성함이 어떻게 되십니까?

—아분디오…….

그러나 나는 그의 이름을 끝까지 듣지 못했다. 그는 이미 저만치서 걸음을 재촉하고 있었다.

*

—들어와요. 내가 에두비혜스 디아다예요.

그 여인은 나를 기다리고 있던 사람 같았다. 폐가 같은 곳의 어두운 방과 방을 지나는 동안에 마치 모든 것을 준비해 둔 사람처럼 말했다. 하지만 그녀를 따라가던 나는, 한 줄기 빛에 의해 드러나는 사물들의 형태를 감지하면서 그게 아니라는 생각이 들었다.

——여기 있는 게 뭡니까?

——세간이에요. 보시다시피 우리 집은 살림살이로 가득 차 있어요. 다들 짐을 꾸려 우리 집에 맡기고 떠났는데, 돌아오는 사람이 없어서 이렇게 된 거예요. 그렇지만 걱정하지는 마요. 치워둔 방은 저 안쪽에 있으니까. 그건 그렇고, 젊은 양반이 바로 그분의 아드님?

——그분이라뇨?

——누구긴, 도냐 돌로레스지요.

——아, 예. 그런데 제가 그분의 아들이란 건 어떻게?

——그야 젊은 양반이 올지도 모른다는 기별을 받았으니까. 오늘, 바로 오늘 말이에요.

——기별이라뇨? 저희 어머니가요?

——그래요.

도대체 영문을 알 수가 없었다. 나는 그녀의 이야기를 듣느라 생각을 추스를 여유조차 갖지 못했다.

——이 방이에요.

문이 없었다. 우리가 들어왔던 통로가 방문이었다. 그 여인이 초에 불을 붙이자, 텅 빈 공간이 보였다.

——여긴 잠을 청할 만한 곳이 아니군요.

——걱정 마요. 졸음이 가장 좋은 침대가 아니겠어요? 먼 길을 오느라 고단했을 테니 오늘은 여기서 눈을 붙이도록 해요. 침대는 내일 들여놓을 테니까. 젊은이가 이해해요. 혼자 사는 늙은이가 이것저것 챙기는 게 쉬운 일은 아니잖아요? 모친이 조금만 더 빨리 알려줬어도 이렇지는 않았을 거예요.

─하지만 저희 어머니는 돌아가셨습니다.

　─그랬구먼. 어쩐지 그 소리가 까마득히 먼 곳에서 들리는 것 같더니만. 그런데 세상을 떠난 지는 얼마나 됐어요?

　─일주일 전에 돌아가셨습니다.

　─저런, 가엾기도 하지. 그분은 자신이 버림을 받았다고 생각했을 거야. 사실 우리 두 사람은 함께 죽자는 약속까지 했던 사이였어. 기쁜 일이든 슬픈 일이든 둘이서 같이 나누고, 어려운 일도 함께 헤쳐나가기로 했는데……. 그런 얘기는 안 하시던가?

　─아뇨, 그런 말씀은 없었습니다.

　─이상한 일이구먼. 자네 모친과 나는 둘도 없이 가까운 사이였고, 그 시절만 해도 우리는 청춘이었어. 자네 모친은 신혼 초였는데, 얼굴이 예쁜 데다 어찌나 마음이 고왔던지 다들 좋아했었지. 그렇게들 좋아했으니, 자네 모친 신세가 나보다는 훨씬 나았던 거고. 어쨌든 말이지, 내가 곧 자네 모친에게 가볼 테니 마음을 놓게나. 나는 자네 모친이 있는 하늘나라로 가는 길을 잘 알거든. 젊은 양반, 우리 인간은 다들 죽게 마련이지만, 그렇다고 죽는 일이 마음대로 되진 않아. 죽고 사는 일은 전적으로 하느님의 뜻이거든. 만일 내 생각이 틀리다고 생각하면, 자네가 부탁해 보게. 목숨을 끊어달라고……. 아 참, 내가 지금 젊은 양반에게 반말을 하고 있구먼. 하지만 너무 언짢게 생각하지는 말게. 자네는 내 친자식이나 다름없으니까. 사실 나는 이렇게 말한 적이 한두 번이 아니었지. "돌로레스의 아들은 내 자식일 수밖에 없어."라고. 그 이유는 다

음에 얘기하기로 하지. 지금은 저 영혼의 세계를 향해 난 길을 따라 자네 모친에게 가고 싶은 생각밖에 없으니까.

나는 그 여인이 미쳤다고 생각했으며, 나중에는 아예 그녀의 말을 믿지 않았다. 그사이 나는 아득히 먼 세계로 끌려가는 듯한 느낌에 사로잡혔다. 온몸이 축 처지고 절반으로 꺾인 듯한 상태에서 제멋대로 해체되고 있었다. 허공을 둥둥 떠다니는 천 조각처럼.

─피곤하네요.

─우선 요기를 해야 할 테니, 이리 오게나.

─나중에 갈게요. 나중에…….

*

처마 끝에서 떨어지는 낙숫물로 모래 마당에 물구멍이 나게 만들고, 돌담 사이에 낀 월계수 이파리를 부르르 떨게 만들던 사나운 비바람이 물러간 뒤끝이다. 간간이 이는 바람에 석류나무 가지에 달려 있던 물방울이 허공에 빛을 발하며 흩어지는데, 마당에는 여태껏 구석에 틀어박혀 졸고 있던 암탉들이 몰려나와 꿈틀거리는 지렁이를 쪼아댄다. 그사이 비구름 사이로 얼굴을 내민 오색찬란한 햇살은 소담스러운 돌멩이 위에 내려앉아 물기를 빨아올리는가 하면, 산들바람에 나풀대는 나무 이파리에 가만히 다가가 살랑인다.

─애, 헛간에 처박혀서 뭘 하는 거냐?

소년의 어머니가 물었다.

—그냥 있어요, 엄마.

　—그렇게 쪼그리고 앉아 있다가 뱀한테 물리면 어떡하려고!

　—알았어요, 엄마.

　'너를 생각하고 있어, 수사나. 그 푸른 언덕을. 바람이 이는 계절이었지. 우리가 마을에서 올라오는 생생한 소리들을 듣고 있을 때, 바람이 연줄을 끌어가고 있었지. "수사나, 도와줘!" 연줄을 잡은 손에 겹쳐지던 부드러운 손. "실을 더 풀어!"

　그 바람은 우리를 웃게 만들었지. 그 바람에 손가락 사이로 풀려나가던 연줄이 마치 날아가던 새의 날개에 걸려 부러지기라도 한 것처럼 툭 소리를 내며 끊어질 때까지, 우리의 눈길은 하나로 모아졌지. 헝클어진 연줄을 매단 종이 새가 허공에서 빙빙 돌다 떨어져 초록 들판으로 사라질 때까지.

　너의 입술은 촉촉이 젖어 있었어, 수사나. 마치 이슬에 젖은 듯한 그 입술⋯⋯.'

　—얘야, 당장 밖으로 나오지 않고?

　—나가요, 지금 나갈게요.

　'나는 너를 기억하고 있어. 나를 쳐다보던, 에메랄드 같은 너의 눈망울을⋯⋯.'

　—여기서 뭘 하고 있어?

　소년의 어머니가 문 앞에서 물었다.

　—생각할 게 있어서요.

　—그놈의 얼빠진 생각은 이런 곳에 처박혀서 해야만 하니? 헛간에 오래 있으면 몸에 해롭다는 것도 알아야지. 너는

오늘 할머니를 도와드리기로 했잖아.

─가요, 지금 가고 있잖아요.

*

─할머니, 옥수수 털어드릴게요.

─진작 끝내고, 초콜릿을 만들려던 참이다. 비바람이 몰아칠 때는 어디 처박혀 있다가 이제야 슬그머니 코빼기를 내미는 거냐?

─뒤뜰에 있었어요.

─기도라도 했던 거냐?

─아니에요, 할머니. 그냥 비를 보고 있었어요.

할머니는 의미심장한 눈길로 소년을 쳐다보았다. 회색과 황색 눈동자에는 마치 사람 속을 꿰뚫는 듯한 눈빛이 담겨 있었다.

─가서 맷돌이나 씻어놓으렴.

'저 하늘, 저 구름 위에, 아니 그보다 훨씬 더 높은 곳에 너는 숨어 있어, 수사나. 하느님의 거대한 공간에, 당신의 섭리 뒤에, 결코 내가 도달할 수 없는 곳에, 내가 찾을 수 없는 곳에 너는 숨어 있어. 나의 간절한 소망이 결코 이루어질 수 없는 곳에⋯⋯.'

─할머니, 못 쓰겠어요. 받침대가 부러졌거든요.

─미카엘라가 제 맘대로 몰카테[12]를 찧었던 게로구나. 그년은 어째서 못된 버릇을 고치지 못할꼬. 그나저나 이제 어떡

한답.

—새걸로 바꾸면 되잖아요.

—말 한번 잘했다. 네 할아버지 장례 치르고, 십일조 내고, 너는 지금 우리 집에 돈 한 푼 없는 걸 알고서 하는 소리냐? 그렇지만 어떡하랴, 새걸 구하는 수밖에…… 이네스 아주머니에게 가서 돈 좀 꿔달라고 해라. 10월 추수가 끝나는 대로 갚겠다고 말씀드리고.

—예, 할머니.

—가는 길에 체하고 낫도 빌려 오렴. 잡목이 제멋대로 자란 탓에 나같이 마른 사람도 옆구리가 찔릴 판이더구나. 이 할미가 옛날처럼 널찍한 밭에 큰 집만 하나 갖고 있어도 이런 말은 내뱉지 않을 텐데…… 네 할아버지가 고집을 피우는 바람에 이 고생이지만 모든 게 하느님의 뜻이니, 그런 줄 알고 살아야지. 우리 인간이 원한다고 해서 뜻대로 되는 일 어디 있을꼬. 얘야, 이네스 아주머니 뵙거든, 올 가을까지는 외상빚까지 다 갚아드린다고 해라.

—예, 할머니.

성소(聖所) 주위는 제철을 만나 재스민 꽃잎 사이를 날아다니는 벌새들의 날갯짓 소리에 귀가 따가울 정도였다. 소년은 까치발 선반 위에 놓여 있는 24센타보 중에서 20센타보를 헤아려 손에 쥐었다.

—어디 가는 거니?

---

12) molcate. 수확된 옥수수 중에서 중간 크기의 종류를 통칭한다.

소년이 대문을 나서려는 참에 그의 어머니가 불러 세웠다.

—도냐 이네스 가게에 가요. 맷돌이 망가졌거든요.

—가는 김에 검은 비단 일 미터만 끊어 달라고 해라.

그녀는 검은 천을 펼쳐 보이며 말했다. —돈은 우리 집 앞으로 달아놓고.

—예, 엄마.

—약방에 들러 아스피린도 사 오너라. 돈은 화병 속에 들어 있을 게다.

화병 속에는 1페소가 들어 있었다. 소년은 쥐고 있던 돈을 내려놓고 그 돈을 집어 들며 생각했다. '이거면 충분해.'

—페드로야! 얘, 페드로야……![13]

그러나 소년은 보이지 않았다.

*

밤이 되자 다시 비가 내렸다. 깜박 잠이 들었던 것일까. 소년이 눈을 뜨자, 추적추적 내리는 가랑비가 유리창을 타고 눈물처럼 흘러내리고 있었다. '파란 섬광이 일던 밤이었어. 그때도 나는 유리창에 흐르는 빗물을 보고 있었지. 숨을 들이마시고 내쉴 때마다, 상념에 잠길 때마다, 수사나, 나는 너의 모습을 떠올리고 있어.'

빗소리가 가벼운 바람 소리로 바뀌고, 어디선가 기도 소리

---

13) 주인공으로서 페드로 파라모의 이름이 처음으로 등장하는 부분이다.

가 들려왔다. "우리의 죄를 사하여 주시는 것과 육신이 다시 부활하는 것을 믿사옵니다. 아멘." 이제 막 로사리오 기도를 끝마친 아낙네들의 음성이었다. 이어 몸을 일으키는 소리, 새들을 가두는 소리, 빗장 거는 소리가 들리면서 불이 꺼졌다.

밤의 정적과 어둠 그 자체의 빛, 그리고 바람결에 들려오는 귀뚜라미 울음소리 같은 빗소리…….

──왜 로사리오에 오지 않았니? 돌아가신 할아버지의 구일제도 잊은 모양이구나.

소년은 문간에 서 있는 어머니를 쳐다보았다. 천장에는 손에 촛불을 든 그녀의 그림자가 서까래를 따라 토막토막 꺾어진 채 길게 드리워져 있었다.

──슬퍼요.

소년의 어머니가 돌아서고, 이내 촛불이 꺼졌다. 문을 걸어 잠근 소년은 빗소리를 들으며 흐느끼기 시작했다.

성당의 시곗종소리가 울리고, 또 울리고, 또 울렸다. 시간을 재촉하듯.

*

──아까도 얘기했지만, 나는 자네의 생모가 될 뻔했지. 모친이 그런 얘기는 안 하시던가?

──아뇨, 그런 말씀은 없었어요. 제가 이렇게 아주머니를 만난 것은 아분디오라는 마부 덕분입니다.

──아! 그 사람 좋은 아분디오가 여태 나를 잊지 않고 기

억하더란 말이지? 나는 그 양반이 손님을 데려올 때마다 사례를 했고, 그런 일로 친하게 지냈어. 세상이 변하면서 사람들의 발길이 뚝 끊길 때까지는. 그런데 나를 만나라고 한 사람이 정말 그 양반이었나?

—예, 그분이었어요.

—세상에, 그런 사람이 또 어디 있을까. 얼마나 착하고 부지런한 사람이었으면, 불행한 일을 겪자 마을 사람들이 다들 동정하고 나섰겠어. 편지를 배달하는 일부터 마을 안팎에서 일어난 일들까지 하나도 빠뜨리지 않고 전해 주고 들려주던 사람이라서 다들 타고난 전령사이자 이야기꾼이라며 좋아했거든. 그런데 사람들 얘기가 물뱀을 쫓을 때 쓰는 폭약을 잘못 건드려서 뇌관이 터졌대. 그 사고가 있고 난 뒤부터는 말을 하지 못했어. 아니, 말만 못한 게 아니라 듣지도 못하고 맛도 느끼지 못했어. 착한 심성만큼은 변한 게 없었지만.

—제 말은 잘 알아듣더군요.

—그렇다면 그 사람이 아니겠지. 아분디오는 죽었어. 틀림없이 죽었지. 그러니 자네가 만났다는 마부는 다른 사람이겠구먼.

—그렇겠군요.

—자, 이제 자네 모친 이야기를 다시 해볼까. 내가 하려던 이야기는…….

나는 그녀의 초췌한 모습을 찬찬히 뜯어보았다. 첫눈에 봐도 무척 어렵고 힘들게 살았던 흔적이 역력했다. 얼굴은 핏기가 없이 창백하고, 눈자위가 움푹 들어간 눈은 형체조차 분간

하기 힘들었다. 손가락은 꺼칠꺼칠하고 마디마다 주름살이 깊게 패어 있었다. 낡은 흰옷은 말이 의상이지 천 조각을 덧댄 넝마나 다를 바 없고, 목에는 성모 마리아 구호소의 메달이 달린 목걸이를 걸고 있었는데, 메달에는 '죄인들의 안식처'라는 글자가 쓰여 있었다.

— ……메디아 루나에서 조련사로 일했던 이노센시오 오소리오라는 자가 있었어. '폭죽'이라는 안 좋은 별명으로 불렸는데, 워낙 몸이 가볍고 민첩해 뜀뛰기를 잘했었지. 내 대부였던 페드로는 망아지를 보살피는 일도 안 맡겼지만. 여하튼 그자에겐 주술사라는 다른 직업이 있었어. 사람들한테 붙어서 꿈을 꾸게 만드는 거. 진짜로 그랬어. 한데 그자가 자네 모친을 현혹한 거야. 다른 여자들이나 나에게 그랬던 것처럼. 한번은 내가 몸이 성치 않아서 집에 있는데, 그자가 나타나더니 대뜸 "원기가 회복되려면 맥을 한번 짚어봐야 되겠소."라고 하면서 내 몸을 만지더군. 처음에는 손가락과 손바닥을 만지고, 그러다가 팔다리도 만지고, 나중에는 머리끝에서 발끝까지 손대지 않은 곳이 없었어. 그런데 웃기지도 않는 게, 손길이 닿는 곳마다 응혈이 풀리면서 몸이 뜨거워지는 거야. 생각해 보게, 예언자로 행세하면서 여기저기 기웃거리는 집시 같은 인간이 눈알을 뒤집고 게거품을 무는데, 깜빡 넘어가지 않을 여자가 어디 있겠나. 그 바람에 홀라당 옷을 벗은 여자들도 많았지. 그때마다 그 인간은, 여자의 마음속에는 불같은 욕망이 감춰져 있다고 둘러댔어. 딴은 틀린 말이 아닐지도 모르지. 여자란 때때로 누군가에게 온몸을 내맡기고 싶은 충동에 사로

잡히니까.

문제는 오소리오라는 그 인간이 신혼 초야를 앞둔 자네 모친에게 이런 말을 한 거야. "당신 몸에 달[月]의 기운이 흐르고 있으니, 오늘 밤은 남자와의 잠자리를 피하시오."라고.

자네 모친은 그 얘기를 듣자마자 나를 찾아왔더군. 그리고 다짜고짜 하는 말이, 페드로 파라모와 잠자리에 들 수 없다는 거야. 그래서 나는 결혼 초야란 여자가 꼭 지켜야 할 일이니, 남을 등쳐 먹고 사는 그 인간의 농간에 속지 말라고 충고했지. 하지만 자네 모친은 막무가내였어.

"정말이지 오늘만큼은 안 돼, 에두비헤스. 그는 나 대신 네가 들어가도 눈치 채지 못할 거야."

물론 나는 자네 모친보다 어렸고, 피부 색깔도 하얀 편이었지. 게다가 침실이 어두워서 불가능한 일도 아니었어. 하지만 그럴 수는 없는 일.

"난 못해요, 돌로레스. 내가 결혼한 게 아니잖아요."

"에두비헤스, 제발 부탁이야. 오늘 진 신세는 절대 잊지 않을게."

그 시절 자네 모친은 참으로 겸허한 눈빛을 지니고 있었지. 자네 모친이 아름다웠다면, 그건 순전히 남의 마음을 움직이는 눈빛 때문이었을 거야.

결국 내가 가게 되었지.

나는 어두운 침실을 떠올리면서 딴 생각을 품고 있었어. 나역시 페드로 파라모를 사모했거든.

그날 나는 기꺼이, 아니 그토록 원했던 사람 곁에 누웠지.

하지만 그 양반은 밤새 술을 마신 탓에 침대에 눕자마자 세상 모르게 곯아떨어지고 말았어. 그날 밤, 그 양반과 나 사이에 생긴 일은 서로 다리가 겹쳐 있던 게 전부였지.

나는 날이 새기 전에 침실을 빠져나와 자네 모친을 찾았지.

"이젠 날이 바뀌었으니, 어서 들어가세요."

"어떻게 됐지?"

"나도 잘 모르겠어요."

이듬해에 자네가 태어났지. 내가 낳지 않았지만, 그게 바로 자네가 내 아들이 될 수도 있었던 이유일세.

어쩌면 자네 모친은 자네에게 부끄러워서 그 얘기를 할 수 없었을지도.

"……이삭을 흔들며 불어오는 바람. 그 바람에 솟았다가 가라앉는 지평선과 겹겹이 굴곡을 이루며 출렁이는 오후의 푸른 들판을 바라보아라. 흙 내음, 그리고 밀과 알팔파[14] 내음. 온통 달콤한 꿀 향기로 가득한 마을……."

자네 모친은 페드로 파라모를 증오했지. 그 양반 닦달이 워낙 심했거든. "돌로레스, 아침을 내오지 않고 뭘 하는 거야!" 꼭두새벽에 일어나 화덕에 불을 지피는 사람은 모친이었어. 장작 타는 냄새가 나면 눈을 뜨는 건 자네 모친 뒤만 졸졸 따라다니던 고양이들이었고.

그 양반의 성화는 식탁에서도 마찬가지였어. "돌로레스, 나보고 식은 음식이나 처먹으라는 거야!" 하루에도 수십 번씩

---

14) alfalfa. 자주개자리 풀.

"돌로레스, 돌로레스!" 하고 불러댔으니 얼마나 속상했겠나. 그런 세월 속에서도 자네 모친의 겸허한 눈빛만큼은 변하지 않더군.

"······그곳에서 세월의 온기를 품고 있는 오렌지 나무 향기를 느껴보아라."

그러던 어느 날 오후였지. 소펠로테[15]가 유유히 허공을 맴돌고, 무리를 이룬 말들이 들판 위를 거침없이 내달리는데, 자네 모친이 땅이 꺼질 듯한 한숨을 내쉬더군. 그래서 내가 물었지.

"도냐 돌로레스, 무슨 걱정이라도 있으세요?"

"차라리 소펠로테라면 좋겠어. 훨훨 날아 내 언니가 사는 곳으로 갈 수 있을 테니까."

"망설일 것 없어요, 도냐 돌로레스. 짐은 제가 꾸릴 테니 당장 떠나세요."

자네 모친은 곧장 집으로 가더구먼.

"안녕히 계세요, 돈 페드로."

"잘 가시오, 돌로레스."

그렇게 해서 자네 모친은 영원히 메디아 루나를 떠난 걸세. 나는 몇 달이 지난 후에 페드로 파라모에게 자네 모친의 안부를 물었지.

"나보다는 자기 언니를 더 좋아했던 여자가 아니더냐. 제 발로 떠났으니 잘 살겠지. 한데 갑자기 부아가 치밀어 오르는

---

15) zopilote. 크기가 암탉만 한 맹금류의 일종.

구나. 무슨 까닭으로 그 여자의 안부를 물은 거냐?"

"모자가 어떻게 사는지 궁금했을 뿐이랍니다."

"하느님이 지켜주시겠지."

"……아들아, 우리를 저버린 대가를 톡톡히 치르도록 해 줘라."

그 뒤로 나는 자네가 오라는 기별을 받기 전까지 모친의 얼굴은 고사하고 소식 한 줄 접하지 못했지.

─다 지난 일입니다. 우리 모자는 우리를 죽도록 미워하던 콜리마의 헤르트루디스 이모 댁에 얹혀살았어요. 저는 가끔 어머니에게 묻곤 했어요.

"아버지에게 왜 안 가세요?"

"혹시 내게 안부 편지를 보냈는지도 모르지만, 아냐, 이 어미는 그 양반이 부를 때까지는 절대 돌아가지 않는다. 나는 너 하나면 족해."

"이젠 고향으로 돌아가실 때도 됐잖아요."

"그건 이 어미의 마음에 달려 있다."

나는 그 여인이 내 말을 듣고 있다고 생각했다. 그러나 그녀는 먼 곳에서 들리는 소리에 귀를 기울이고 있는 것 같았다.

─이제 좀 쉬어야 하지 않겠나?

*

'네가 떠난 날, 나는 알았지. 다시는 너를 만나지 못할 거라는 걸. 핏빛 노을에 물든 네 얼굴은 빨갛게 상기된 채 미소를 띠고 있었지만, 너는 마음속으로 사람들을 증오하고 있었어.

수없이 되뇌던 너의 얘기처럼. "내가 이 마을을 좋아한 것은 네가 있기 때문이야. 나는 이 마을의 모든 사람, 아니 모든 것을 싫어해. 내가 이 마을에서 태어났다는 사실조차 증오스러워." 그 말을 듣는 순간, 나는 알았지. 네가 다시 돌아오지 않으리라는 것을.'

──이 시간에 딴전을 피워서 어쩌겠다는 거냐?

──보시다시피 아기를 보고 있잖아요. 두 가지 일을 한꺼번에 하는 게 할머니 생각처럼 쉬운 줄 아세요? 전보 업무 보랴, 아기 보랴, 골치가 아파 죽겠는데, 로헬리오 씨는 당구장에서 시원한 맥주로 목을 축이며 당구 치고 있어요. 그렇다고 땡전 한 푼 주는 것도 아니면서.

──네가 여기 있는 이유는 일을 배우자는 게 아니었더냐. 업무를 터득해야 돈도 생기는 거고. 지금은 수습이지만, 나중에 책임자가 되지 말라는 법은 없단다. 그러니 꾹 참고, 무엇보다 겸손해야 돼. 아기를 맡기면, 그것도 하느님의 뜻이려니 해야지.

──나더러 무조건 복종하며 살라는 거예요? 할머니, 나는 목구멍에 때를 벗기려고 남의 비위나 맞추는, 그런 부류들과는 다르다고요.

──그놈의 성깔하곤! 페드로야, 이 할미는 네가 길을 잘못 들까 봐, 그게 걱정이구나.

*

—아주머니, 무슨 일입니까?

도냐 에두비헤스는 막 잠에서 깬 사람처럼 머리를 흔들고 있었다.

—미겔 파라모[16]의 말이 틀림없어. 메디아 루나 길을 다 급하게 달리는 저 말발굽 소리로 봐선.

—메디아 루나에 사람이 살고 있다는 건가요?

—아냐, 거긴 아무도 살지 않아.

—그렇다면?

—말이 왔다 갔다 하고 있어. 그 짐승은 주인을 찾아 사방을 돌아다니다가 이 시간이 되면 어김없이 돌아오거든. 둘은 헤어질 수 없는 사이였어. 어쩌면 저 불쌍한 미물이 아직까지 죄책감에 시달리고 있는지도. 사람도 아닌 짐승이 어떻게 해서 자신이 지은 죄를 알 수 있는지 알다가도 모를 일이야.

—이해가 안 되는군요. 말발굽 소리라뇨?

—못 들었어?

—못 들었어요.

—역시 그건 내 육감이 틀림없어. 하느님이 주신 축복, 아니 잔인한 형벌인지도. 내가 그것 때문에 겪은 고통은 아무도 모를 거야.

---

16) Miguel Páramo. 주요 등장인물. 후안 프레시아도나 마부 아분디오와 마찬가지로 페드로 파라모의 자식이다.

그녀는 잠시 생각에 잠긴 뒤에 다시 덧붙였다.

——모든 건 미겔 파라모와 함께 시작되었지. 그날, 그러니까 미겔 파라모가 죽은 날, 일찍 눈을 붙였던 나는 말발굽 소리를 들었어. 잠결이었는데, 그 소리를 듣는 순간 불길한 예감이 드는 거야. 미겔이 돌아올 시간이 아니었거든. 더욱이 그날은 계집애를 만나러 콘틀라에 갔기 때문에 새벽에나 돌아올 참이었고. 하지만 미겔은 오지 않고 짐승만 돌아온 거야. 가만, 저 말발굽 소리가 안 들려?

——아무것도 안 들리는데요.

——그럴 수밖에……. 사실 그날 밤에 나는 짐승이 돌아오기 전에 누군가가 창문을 두드리는 소리에 잠이 깼어. 그게 사실이었는지, 아니면 나의 착각이었는지, 그건 나중에 자네가 직접 알아보게. 아무튼 그 소리를 들었는가 싶었는데, 이번에는 무엇인가가 나를 창 쪽으로 떠밀더군. 나는 창가로 다가갔지. 그런데 거기에 미겔 파라모가 서 있는 거야. 하지만 나는 놀라지 않았어. 굳이 놀랄 일도 아니었지. 왜냐하면 한때나마 미겔과 나는 잠자리를 함께하는 사이였으니까.

*

——"무슨 일인가?" 내가 미겔에게 물었지. "그 계집애가 퇴짜를 놓았어?"

"그게 아니라, 길을 잃었어요. 안개가 낀 건지, 연기가 피어오른 건지, 도무지 앞이 보여야 말이죠. 그래서 어림짐작으로 말을 모는데, 한참을 가도 콘틀라가 나오지 않았어요. 그것보다는 콘틀라가 존재하지 않는다는 게 맞을 걸요. 내가 여기 온 이유는 그것 때문이에요. 이 세상에서 나를 이해해 줄 사람이 당신밖에 더 있나요? 만일 내가 코말라 사람들 앞에서 이런 얘길 꺼내면, 다들 정신 나간 놈이라고 손가락질할 거라구요. 그러잖아도 나를 미친놈으로 생각하는데."

"미치다니. 아냐, 자넨 미치지 않았어. 미겔, 자네는 단지 죽게 된 것뿐일세. 그 짐승 때문에 목숨을 잃게 될 거라고, 내가 충고했던 얘기 기억해? 미겔, 딴은 자네가 정말 미쳤는지도 모르지. 하지만 그건 이제 다른 문제야."

"나는 아버지가 얼마 전에 사람들을 시켜 높게 쌓은 돌담을 뛰어넘었어요. 마음이 급하다 보니 먼 길로 돌아가기가 싫어서요. 그래서 콜로라도의 고삐를 힘껏 잡아당겨 담을 뛰어넘고서 앞만 보고 내달렸는데, 아까도 말했지만 사방이 온통 연기로 휩싸여 있었어요."

"날이 새면 자네 부친이 몹시 상심하겠지. 안된 일이지만 어떡하겠어. 그러니 이제 그만 돌아가서 모든 것을 잊고 평온히 잠들게. 미겔, 떠나기 전에 나를 찾아줘서 고맙네."

나는 창문을 닫았지.

동트기 전에 메디아 루나에서 사람을 보냈더군.

"우리 파트론[17])께서 급히 찾고 계십니다. 미겔 도련님이 죽

---

17) patrón. 후원자, 후견인, 고용주라는 뜻. 우리말로 나리, 아랫것이 윗것을 부르던 경칭으로 이해하면 무난하다.

었거든요. 그래서 꼭 모셔오라는 분부를 받았습니다."

"알고 있네. 그런데 자네에게 곡을 하도록 지시한 사람은 누구가?"

"돈 풀고르입니다."

"금방 갈 거라고 돈 페드로에게 이르게. 그런데 시신을 거둔 지는 얼마나 됐나?"

"채 반시간이 안 됩니다. 맥을 짚은 의사가 몸이 식은 지 한참 지났다고 했지만, 조금만 일찍 발견되었으면 목숨을 건졌을지도……. 우리는 밤중에 돌아온 콜로라도가 미친 듯이 발광하는 바람에 한숨도 못 잤습니다. 돈 페드로 어르신을 비롯해서 모두가 상심하고 있지만, 사실 저는 죽은 미겔보다 주인을 잃고 괴로워하는 영특한 짐승을 지켜보는 게 더 안타깝습니다. 얼마나 마음이 아팠으면 침식도 잊은 채 여태 돌아다니고 있겠습니까?"

"알았으니, 나갈 때 문 닫는 것이나 잊지 말게."

메디아 루나에서 온 사람이 황급히 돌아가더군.

—자네는 죽은 사람이 말하는 이야기를 들어본 적이 있나?

—없는데요.

—차라리 안 듣는 게 낫지.

*

대롱에서 물방울이 떨어진다. 누군가가 석조 대롱에서 항아리로 떨어지는 청아한 물소리를 듣고 있다. 어떤 소리들이 들린다. 바닥을 끄는 발걸음소리, 걷고 있는 소리, 오가는 소리. 물방울이 쉬지 않고 떨어진다. 항아리에 떨어진 물이 넘쳐 축축한 바닥으로 흘러내린다.

"일어나!" 누군가가 그를 깨운다.

낯익은 음성이다. 그는 그 목소리를 기억하려고 애쓴다. 그러나 몸이 축 늘어지면서 마치 졸음의 무게에 눌린 것처럼 잠에 빠져든다. 그러자 누군가의 손이 모포를 끌어당겨 그의 몸에서 떼어놓는데, 그의 몸은 아늑함을 찾아 자신의 온기 속으로 파고든다.

"일어나라니까!" 누군가가 다시 그를 깨운다.

그 음성이 그의 어깨를 흔든다. 그의 몸을 일으켜 세운다. 그는 가만히 눈을 뜬다. 항아리로 떨어지는 물방울 소리가 들린다. 바닥을 끄는 발걸음 소리…… 그리고 통곡.

그를 깨운 것은 통곡이었다. 연하면서 가느다란, 어쩌면 그렇게 가늘었기에 꿈결을 파고들 수 있는 소리였다.

그는 천천히 몸을 일으켰다. 그리고 아직은 밤이라 어두운데, 문틀에 기대어 흐느끼고 있는 한 여자의 얼굴을 보았다.

—왜 우세요, 엄마?

그는 침실 바닥에 발을 내려놓는 순간, 울고 있는 사람이 자신의 어머니라는 사실을 알았다.

—네 아버지가 죽었다.

그러고는 그 자리에서 마치 고통을 털어내듯이 몇 번이고 자신의 몸을 흔들었다. 양손으로 자신의 어깨를 감싸안고 들썩이는 자신의 몸을 가눌 때까지.

침실 문을 통해 새벽하늘이 보였다. 별은 없었다. 아직은 해가 그 광채를 발하지 않는, 회색의 납빛 하늘이었다. 새로운 아침을 여는 게 아니라, 초저녁에 사위어가는 빛 같았다.

마당을 밟는, 사람들이 돌아다니는 듯한 발걸음 소리. 나지막한 소리. 그리고 문틀에 서 있는 여인. 날이 새는 것을 막아서는 그녀의 몸짓. 그녀의 양팔 사이로, 빛이 스며드는 발밑으로 언뜻 드러나는 하늘. 그녀가 서 있는 바닥을 적신 눈물 같은 흩뿌려진 빛. 이어 흐느낌. 그리고 연하지만 날카로운 통곡과 그녀의 몸을 뒤틀리게 만드는 고통.

──네 아버지를 죽였단다.

──그러면 어머니, 어머니는 누가 죽였어요?[18]

*

'바람과 태양이 있고, 구름이 있나니. 저 파란 하늘, 그 하늘 뒤로 노래들이 있나니. 최상의 음성으로 부르는 노래들이……. 모두를 위한 희망이 있나니. 우리를 위한 희망, 우리의 죄업에 맞선 희망이 있나니.

하지만 그 희망은 당신을 위한 것이 아니나니. 미겔 파라모,

───────

18) ¿Y a ti quién te mató, madre? 작품에서 대표적으로 모호한 부분이다. 이 단락은 어린 페드로 파라모와 그의 모친(엄마)과의 대화로 이루어진 것으로 보인다. 하지만 이 대화 문장('그러면 어머니, 어머니는 누가 죽였어요?')은 표현('어머니')과 맥락으로 미루어 이미 성인이 된 페드로 파라모의 회고로 이해되어야 할 것이다.

용서를 구하지 못하고 죽은 자여. 당신에겐 그 어떤 은총도 없을지니.'

렌테리아 신부는 몸을 돌려 잠시 중단되었던 미사를 서둘렀다. 그리고 미사가 끝나자마자 성당을 가득 채운 사람들에게 성체를 내리지 않고 설교대를 물러났다.

—신부님! 우리에게 축복을 내리지 않으셨습니다!

—하지 않겠소!

신부는 고개를 저으며 단호히 거부했다. —그 사람은 악행을 서슴지 않았기 때문에 하느님의 왕국으로 갈 수 없소. 그런 자를 인도하면, 하느님께서 형벌을 내리실 거요.

렌테리아 신부는 미사를 진행하는 동안 자신이 떠는 모습을 감추고자 양손에 힘을 주고 있었지만 뜻대로 되지 않았다.

성당 한복판에 위치한 제단에는 거대한 납덩이처럼 보이는 관이 놓여 있었다. 그 주위로 긴 양초와 꽃들이 장식되어 있고, 뒤편에는 아까부터 장례 미사가 끝나기를 기다리고 있는 한 사제의 모습이 보였다.

렌테리아 신부는 페드로 파라모와 어깨를 스칠까 봐 조심스럽게 관으로 다가갔고, 자못 부드러운 동작으로 성수를 들어 올려 주검 위에 뿌렸다. 그동안 그의 입술 사이로 기도문 같은 중얼거림이 쉴 새 없이 흘러나오고 있었다. 그가 무릎을 꿇자, 그 모습을 지켜보던 사람들 역시 무릎을 꿇었다.

—하느님 아버지, 당신의 종을 거두어주소서.

그의 마지막 기도가 끝나는 것과 동시에 사람들이 일제히 입을 열었다.

─평온히 잠드시길, 아멘.

성당 밖으로 관이 나가고, 사람들이 그 뒤를 따랐다. 신부
는 성당을 빠져나가는 사람들의 뒷모습을 지켜보며 되살아나
는 분노에 치를 떨기 시작했다.

─신부님, 당신이 내 자식 놈을 증오한다는 사실을 잘 알
고 있소.

페드로 파라모가 다가와서 무릎을 꿇고 말했다. ─소문
에 따르면, 당신 형님을 내 아들 놈이 죽였다더군요. 더욱이
당신은 내 아들 놈이 당신의 질녀까지 욕보였다고 믿고 있으
니, 여러 정황으로 볼 때, 나는 당신의 심정을 충분히 이해할
수 있소. 그렇지만 신부님, 이제 다 끝난 일이니 깨끗이 잊고,
하느님이 이미 모든 죄를 사했을지도 모르는 불쌍한 그놈을
용서하시지요.

그는 금화 한 줌을 긴 의자에 붙은 기도대에 올려놓은 다
음, 몸을 일으키며 덧붙였다.

─성당에 바치는 헌금으로 생각하고 받아주시오.

성당 앞에는 장정 둘이 페드로 파라모를 기다리는 중이었
다. 그들은 앞서 관을 메고 떠난 일행들이 있는 곳을 향해 발
걸음을 옮겼다. 그곳에는 메디아 루나에서 십장으로 일하는
장정 넷이 휴식을 취하고 있었다.

한편 렌테리아 신부는 페드로 파라모가 놓고 간 금화를 하
나하나 거둔 뒤에 단상으로 다가가 두 손을 모았다.

─하느님 아버지의 것입니다. 그자는 구원을 돈으로 살
수 있다고 믿는 인간입니다. 이 돈이 과연 거두어야 할 가치

가 있는 것인지, 그것은 오로지 하느님 아버지께서 알고 계십니다. 저는 당신의 발밑에 엎드려 당신의 지혜를 구하고자 합니다. 하느님 아버지, 바라건대 못난 저를 대신해 그 인간에게 벌을 내리시길, 간절히 기원합니다.

렌테리아 신부는 성기실(聖器室)의 문을 닫고 감실(龕室)로 발길을 옮겼다. 그는 감실로 들어서자마자 한쪽 구석에 쓰러진 채 고통과 비애에서 나오는 눈물이 마를 때까지 한없이 울었다.

—모든 것이 당신의 뜻입니다. 하느님 아버지, 당신의 뜻을 따르겠습니다.

*

렌테리아 신부는 늘 그랬던 것처럼 저녁 식사를 초콜릿 차로 대신했다. 그는 마음의 평정을 되찾고 있었다.

—얘, 아나야. 오늘 땅속에 묻힌 사람이 누구인지 알고 있느냐?

—아뇨.

—미겔 파라모를 기억하고 있지?

—예, 삼촌.

—그 사람이었다.

아나는 말없이 고개를 떨어뜨렸다.

—그 사람이었던 게 분명하지?

—분명하지는 않아요, 삼촌. 너무 어두워 얼굴을 볼 수 없

었어요.

　　—그러면 그자가 미겔 파라모라는 사실은 어떻게 알았지?

　　—그 사람이 "쉿, 놀라지 마, 아나. 난 미겔이야."라고 말했거든요.

　　—그자가 네 아버지를 죽인 살인자라는 사실은 너도 알고 있었지?

　　—알고 있었어요.

　　—그래서 어떻게 했지?

　　—가만히 있었어요.

　　잠시 두 사람 사이에 침묵이 흘렀다. 은매화 이파리 사이로 미지근한 바람이 일고 있었다.

　　—그 사람은 나를 찾아온 게 그 일 때문이라고 했어요. 잘못을 빌고 싶었대요. 그래서 나는 창문이 열렸다고 일러주었고, 창문을 넘어온 그 사람이 나를 껴안자 용서를 구한다고 생각해서 그냥 웃어주었어요. 삼촌이 가르쳐주셨던 말이 떠올랐거든요. 어떠한 일이 있어도 사람을 미워해선 안 된다고. 어쩌면 그 사람은 내 얼굴을 못 보았는지도 몰라요. 아주 어두컴컴했거든요. 그런데 갑자기 그 사람이 내 몸 위에 있다는 느낌이 들면서……. 그 사람이 나쁜 짓을 하고 있었어요.

　　'나는 그 사람이 나를 죽일 거라고 생각했어요. 삼촌, 정말이지 그 생각밖에 들지 않았어요. 하지만 나는 그 사람이 나를 죽이기 전에 스스로 목숨을 끊겠다는 결심까지 포기하고 말았어요. 웬일인지 그 사람이 죽일 것 같지 않았거든요.

　　나는 창문으로 들어오는 햇살을 보는 순간, 내가 죽지 않았

다는 것을 알았어요. 그때까지 내가 살아 있었던 거예요.'

—혹시 기억나는 것은 없느냐? 예를 들어, 그자의 목소리 같은 것 말이다.

—나는 그 사람에 대해서 아는 게 없었어요. 우리 아버지를 죽였다는 사실밖엔. 그 사람 얼굴을 본 적이 없었고, 나중에도 못 봤어요. 그럴 수도 없었잖아요.

—어쨌든 그자가 어떤 인간이라는 것쯤은 알 게 아니냐.

—그래요, 그리고 그 일이 어떤 것인지도 알고 있어요. 그 사람은 지금 지옥에 가 있을 거예요. 왜냐하면 나는 모든 성자들에게 꼭 그렇게 해달라고 열심히 기도했거든요.

—하지만 얘야, 그건 딱히 단정할 수 없단다. 사람들의 얼굴이 다르듯 기도하는 이유도 서로가 다른데, 그 속마음을 어찌 알 수 있겠니. 너는 혼자다. 다시 말해 수많은 사람들 중에서 혼자라는 뜻이다. 뿐만 아니라 그런 사람들 중에서 어떤 자의 기도는 너의 기도보다 더 간절할 수 있단다. 예를 들어 그자의 부친 같은 사람 말이다.

사실 신부는 이렇게 덧붙이고 싶었다. '더욱이 나는 이미 그자를 용서했단다.' 그러나 그는 가뜩이나 우울한 어린 조카의 마음을 건드릴 수 없어 가만히 안아주었다.

—이 세상에서 몹쓸 짓을 저지른 자를 거두어 가신 하느님께 감사의 기도를 드리자꾸나. 얘야, 이제 와서 그자의 영혼이 하늘나라에 있든 없든 그건 별로 중요한 게 아니란다.

어떤 말이 콘틀라로 가는 길과 마을의 대로가 교차되는 곳을 전속력으로 내달렸다. 때마침 마을 어귀에서 서성이고 있던 한 여인이 그 광경을 목격했다. 그녀는 그 짐승이 평소 미겔 파라모가 아끼던 밤색 말임을 대번에 알아보고는 '저렇게 달리다간 곤두박질치고 말지.'라고, 고개를 바짝 쳐들고서 뒤를 보며 달리는 모습이 흡사 뒤에 놓고 온 무언가에 겁먹은 것처럼 보였다고 말했다.

소문은 이미 메디아 루나에 퍼져 있었다. 장례를 치른 날, 마을 사람들은 잠자리에 들기 전까지 삼삼오오 모여서 그 일을 화제로 삼았다.

그날 관을 메고 장지까지 갔던 일행 역시 휴식을 취하고 있었다.

──그거 참, 되게 무겁더군.

테렌시오가 투덜거렸다. ──아직도 어깨가 뻐근한걸.

──그만하길 다행인 줄 알아.

그의 불평을 형인 우비야도가 받았다. ──나는 엄지발가락까지 퉁퉁 부어올랐어. 파트론은 우리를 신발보다도 못한 인간으로 취급하나. 그건 그렇고, 마을 분위기가 심상찮은 게 장례식을 치른 날이 아니라 마치 축제일 같단 말이야. 토리비오, 안 그래?

──내 입에서 무슨 말이 나오길 기대하나. 나는 그저 그 인간이 제때에 잘 죽었다는 생각뿐일세.

얼마 후, 콘틀라에서 들려오는 소문도 화제로 떠올랐다. 그 이야기는 짐을 싣고 마지막에 도착했던 마부의 입을 통해 전해졌다.

—사람들 얘기로, 그자의 영혼이 이 마을에 떠돌고 있다는 겁니다. 누군가가 그 여자 집 창문을 두드리고 있었는데, 옷차림이나 뒷모습이 영락없이 그 인간이었대요.

—무슨 말을 하는 거요. 당신은 돈 페드로 성질에 자기 아들이 그 여자 집에 들락거리는 걸 허락할 것 같소? 천만의 말씀! 모르긴 해도 '얘야, 너는 이미 죽지 않았느냐. 그러니 이 일은 우리에게 맡기고 무덤에서 평온하게 지내야지.'라고 말하든지, 아니면 당장 공동묘지로 쫓아버릴 거요.

—그건 자네 말이 맞네, 이사이아스. 그 양반은 질질 끄는 짓을 영 싫어하거든.

마지막으로 도착했던 마부가 다시 길을 재촉했다.

한편 밤하늘에 불덩이 같은 별똥들이 비 오듯 떨어지는데, 다른 곳에서는 이런 대화가 이어지고 있었다.

—저길 보세요.

테렌시오가 말했다. —숫제 잔치를 벌였어요.

—미겔 파라모를 맞이하는 의식을 치르고 있군.

헤수스가 비꼬았다.

—나쁜 징조는 아니렷다?

—나쁜 징조라니?

—자네 누이가 누군가를 기다리며 옛 추억에 젖어 있지는 않을까?

—누구 들으라고 하는 말이지?

　　—누구긴 누구야, 바로 자네를 두고 하는 말이지.

　　—이 사람들아, 어서 가자고. 눈을 붙여야 새벽에 일어날 게 아닌가.

　　그들은 그림자처럼 어둠 속으로 사라졌다.

*

　　별똥별이 떨어지는 밤이었다. 코말라는 불빛이 꺼진 채 깊은 어둠에 잠겨 있었다.

　　하늘이 밤을 지배하는 세상이었다.

　　'모든 게 내 잘못이었어.' 렌테리아 신부는 침대에서 뒤척이고 있었다. '나는 지금 나를 지탱해 주는 자들에게 모욕을 준 것 때문에 두려워하고 있어. 그들은 나에게 일용할 양식을 대 주지 않았는가. 나는 가난한 사람들에게서 구할 게 없어. 기도가 굶주린 배를 채워주지는 않아. 그것은 사실 아닌가. 결과적으로 그렇지 않았는가. 어쨌든 모든 것은 내 잘못이었어. 나는 나를 원하고, 나에게 자신의 믿음을 걸었던 사람들을 배신했어. 나를 통해 자신의 뜻이 하느님에게 전달되기를 간절히 원하는 사람들을 기만했어. 그런데 그들이 신앙으로 구한 게 무엇인가. 천국? 아니면 영혼의 정화? 도대체 무슨 까닭으로 그들은 자신의 영혼을 정화하고 싶어 하는가. 그것도 마지막 순간에 이르러서……. 아, 나는 마리아 디아다의 눈빛을 잊을 수 없어. 자신의 언니인 에두비헤스 디아다의 영혼을 구원

해 달라고 애원하던 그 눈빛을.'

"언니는 항상 다른 사람들을 위해 살았어요. 자신의 모든 것을 바친 것도 부족해서 다른 사람 대신 자식까지 낳았어요. 그런 언니가 자기 자식이라는 사실을 밝히는 게 잘못인가요? 사람들은 언니의 말을 들으려고 하지 않았어요. 언니가 '어쩌다 어머니가 되었지만, 그 아이의 아버지 노릇까지 할 수 있다.'고 당당하게 밝혔던 것도 그런 이유였어요. 그런데도 그자들은 남을 해치거나 원망조차 하지 않은 우리 언니를 강제로 입원시켰던 거예요."

"하지만 당신 언니는 자살했소. 하느님의 거룩한 뜻을 거역했던 거요."

"어쩔 수 없었던 거죠. 그러니 언니에게 자비를 베풀 수도 있잖아요."

"마지막 순간에 실패했소. 자신의 구원을 위해 노력했다지만, 한순간에 모든 것을 잃고 말았던 거요."

"모든 걸 잃어버렸던 것은 아니에요. 언니는 지독한 고통을 겪으며 숨을 거두었어요. 그 고통…… 기억이 잘 나지 않지만 신부님은 그 고통에 대해 말씀하신 적이 있어요. 언니는 그 고통, 피가 통하지 않는 그 고통을 겪으며 죽어간 거예요. 나는 언니의 표정을 잊을 수 없어요. 그것은 우리 인간이 마지막 순간에 보여줄 수 있는 가장 슬픈 표정이었어요."

"어쩌면 기도를 하고 있었는지도 모르잖소."

"신부님, 우리 언니를 위해 기도해 주세요."

'혹시 대미사를 올린다면 모를까. 하지만 대미사를 치르려면 성직자들의 도움을 받아야 하는데, 문제는 돈 아닌가.

마리아 디아다는 내 눈을 뚫어지게 쳐다보았다. 자식들이 줄줄이 딸린 불쌍한 여자는 그런 나의 속마음을 읽고 있었어.

"저는 돈이 없답니다. 그건 신부님이 더 잘 아시잖아요."

"하느님의 뜻에 맡기시오."

"예, 신부님."

체념 앞에서 그 눈빛이 당당했던 것은 무슨 까닭인가? 신부에게 있어 용서를 해주는 일이 그렇게 힘든 것이었을까. 영혼을 구원하기 위해서 필요하다면 한두 마디, 아니 백 마디라도 할 수 있는 일. 그는 천국과 지옥에 대해서 무엇을 알고 있는가? 이름도 없는 마을에 내버려진 처지 아닌가.' 그는 천국에서 추앙받는 이들을 알고 있었다. 그에게는 성자들의 이름이 적힌 명부가 있었다. 그의 입에서 가톨릭 성전에 모신 성자들의 이름이 날짜순으로 흘러나오기 시작했다. "동정녀이며 순교자인 성녀 누닐로나, 주교 아네르시오, 성녀인 미망인 살로메와 성녀이자 동정녀인 알로디아 혹은 엘로디아와 눌리나, 코르둘라와 도나토……" 침대에 걸터앉은 채 성자들의 이름을 외던 그는 스르르 잠에 빠져들고 있었다. '이게 무슨 꼴인가. 명부를 들여다본다면서 널뛰기하듯 건성으로 지나치고 있지 않은가.'

렌테리아 신부는 밖으로 나갔다. 별빛이 빗물처럼 흐르고 있었다. 내심 차분한 밤하늘을 기대했건만, 그렇지 못해 마음이 편치 않았다. 어디선가 닭 우는 소리가 들렸다. 어둠의 자락이 온 대지를 휘감고 있는 것 같았다. 대지는 '눈물의 계곡'

을 이루고 있었다.

*

　—안 듣는 게 낫지.

　에두비헤스 디아다가 똑같은 말을 되풀이하고 있었다. —암, 안 듣는 게 낫고말고.

　밤이 깊어가고 있었다. 한쪽 구석에서 타오르던 등잔불 불빛이 가물거리다가 부르르 떨면서 꺼졌다.

　그녀가 몸을 일으켰다. 나는 그녀가 다른 등잔불을 가지러 간다고 생각했다. 발소리가 차츰 멀어지고 있었다. 나는 그녀를 기다렸다.

　시간이 흘렀지만, 그녀는 돌아오지 않았다. 나는 몸을 일으켰다. 그리고 어둠 속을 더듬어 그녀가 얘기했던 방을 찾았다. 나는 바닥에 앉아 잠을 청했다.

　나는 깨어났다 잠들기를 수없이 반복했다.

　그사이 나는 어떤 외침을 들었다. 술주정뱅이가 토해 내는 신세타령 같았다. "아, 불쌍한 나의 인생이여!"

　나는 다급하게 고개를 들었다. 누군가가 내 귀에 대고 고함을 지르는 것 같았다. 그러나 아무도 없었다. 혹시 바깥에서 나는 소리일지도 모른다는 생각에 벽에 귀를 바짝 갖다 댔다. 아무것도 들리지 않았다. 나는 눈을 떴다. 사방이 침묵에 잠겨 있었다. 귀에 들리는 것은 나방이 바닥으로 떨어지는 소리와 고요가 빚어내는 정적뿐이었다.

그 외침을 만들어내는 정적의 깊이를 헤아리기란 불가능했다. 그것은, 마치 대지가 스스로를 텅 비어낸 듯한 그런 정적이었다. 흐느낌조차, 맥박 뛰는 소리조차 허용치 않는 그런 정적이었다. 소리를 느끼는 것마저 허용하지 않는 정적 그 자체였다. 그런데 가까스로 마음을 추슬렀나 했는데, 누군가의 외침이 다시 들려왔다. 절규나 다름없는 외침이 한참 계속되고 있었다. "놔! 목을 매달았으면, 발은 구르도록 해줘야 할 게 아냐!"

바로 그 순간, 문이 활짝 열렸다.

— 도냐 에두비헤스? 무슨 일이죠?

— 에두비헤스라니? 나는 다미아나일세. 자네가 여기 있는 것을 알고 데리러 왔으니, 우리 집으로 가지.

— 아주머니가 메디아 루나에 살고 계신다는 다미아나 시스네로스란 분인가요?

— 그렇다네. 그래서 이렇게 늦은 거야.

— 어머니가 그러시더군요. 제가 태어나자마자, 다미아나라는 분이 돌봐주었다고요.

— 그렇고말고. 난 자네가 세상에 나올 때부터 알고 있었지.

— 당장 따라가겠어요. 여기선 고함 소리 때문에 잠을 청할 수가 있어야죠. 누군가가 죽어가고 있는 것 같던데, 혹시 이상한 소리를 듣지 않으셨나요?

— 아마 여기 갇혔던 사람이 내지르는 소리였겠지. 오래전에 이 방에서 토리비오 알드레테가 죽었는데, 안식처를 구하지 못해서 그럴 거야. 목을 매단 자들이 시신을 수습조차 못

하도록 만들었거든. 그건 그렇고, 열쇠가 없었을 텐데, 자네가 어떻게 이곳에 들어왔는지 알다가도 모르겠구먼.

—에두비헤스라는 분이 문을 열어주더군요. 방도 준비해 두었고요.

—에두비헤스 디아다가?

—예, 그분이었어요.

—가엾은 여자 같으니. 아직도 이승을 떠돌고 있구먼.

*

'풀고르 세다노, 남자, 54세, 독신, 행정 소송 대리인. 본인은 소송 대리인이자 업무 당사자로서 제반 서류와 기록을 제출하오니……'

풀고르 세다노가 토리비오 알드레테의 소송에 맞서 작성한 소장은 다음과 같은 내용으로 끝을 맺고 있었다. '……본인은 전술한 내용이 사실임을 서약합니다.'

—돈 풀고르, 당신의 기백을 무시할 사람은 아무도 없어요. 내가 아는 당신은 배후 없이 스스로 알아서 모든 일을 처리하는 사람이오.

그는 기억하고 있었다. 그것은 소송건으로 만난 술좌석에서 거나하게 취한 알드레테가 맨 처음 내뱉은 말이었다.

—그 서류로써 당신과 나 사이는 깨끗하게 정리되는 거요, 돈 풀고르. 그 서류가 종잇조각에 불과하다는 것은 당신도 알고 있소. 여하튼 당신은 지시받은 일을 처리했고, 나는 나대

로 지긋지긋한 송사에서 벗어나게 되었소. 그건 그렇고, 이번 송사의 내막을 알아보니 절로 웃음이 나옵디다. '토지 무단 점유'라니, 천하에 무식하고 뻔뻔스러운 인간이 바로 당신의 파트론 아니고 누구겠소.

기억하고 있었다. 그날, 두 사람은 에두비헤스의 집에 머물고 있었다.

——에두비헤스, 구석진 방 하나 내주겠나?

——필요하시면 다 비워드리지요, 돈 풀고르. 다들 여기서 주무실 건가요?

——아닐세. 방 하나면 족하니, 열쇠는 거기 놔두고 자넨 가서 잠이나 청하게.

——돈 풀고르, 다시 말하지만 당신을 대장부답지 못하다고 깔보는 사람은 없을 거요. 하지만 당신의 파트론은 나를 엿 먹이고 싶어 환장한 인간이오.

기억하고 있었다. 풀고르가 자신의 오감으로 들었던 알드레테의 마지막 말을. 그렇게 기고만장하던 알드레테는 잔뜩 주눅이 들어 있었다. "두고 보라고! 내 뒤에 누가 있는지……"

*

그는 채찍 손잡이로 페드로 파라모 집 대문을 두드리면서 이번에도 보름 전에 그랬듯 마냥 기다려야 한다고 생각했다. "요것 봐라, 하나가 아니라 둘이야." 한참을 기다리던 그가 대문 상인방에 달린 검은 리본[19]을 쳐다보며 소리 내어 중얼거렸다. "요전 것은 색이 바랬는데, 이번 것은 천에 검은 물을 들여 번드르르한 게 흡사 비단처럼 보이는군."

보름 전이었다. 대문을 두드리고 한참을 기다리던 그가 아무도 없다고 생각하며 발길을 돌리던 참에 페드로 파라모가 모습을 나타냈다.

——들어오시게, 풀고르.

두 사람의 만남은 처음이었지만, 갓 세상에 나온 어린 페드로를 보았던 풀고르의 입장에서는 두 번째나 다름없었다. '버르장머리 없는 놈 같으니!' 풀고르는 채찍으로 자신의 다리를 때리며 마음속으로 으르렁거렸다. '네 이놈, 내가 누군지, 내가 왜 여기 왔는지 알게 되리라.'

——풀고르, 거기 앉으시게.

먼저 축사로 들어간 페드로 파라모가 구유통 옆에 자리를 잡고 느긋이 기댄 자세로 입을 열었다. ——여긴 조용한 곳이라 이야기를 나누기에 적당할 거요.

그러나 풀고르는 대답 없이 미적거리며 그 자리에 서 있었다.

——어서 앉지 않고 뭘 꾸물대는 거요?

페드로 파라모가 역정을 냈다.

——그냥 서서 얘기하겠소, 페드로.

——좋을 대로. 허나 이름 앞에 '돈'[20]을 붙이는 건 잊지 마

---

19) moño negro. 대문에 달린 검은 리본은 죽음(상중)을 암시한다.
20) don. 남성의 이름 앞에 붙이는 경칭. 여성의 이름 앞에는 도냐(doña)를 붙인다.

시오.

기가 막힐 노릇이었다. 애송이의 부친인 돈 루카스 파라모
도 그를 이렇게 함부로 대한 적은 없었다. 더욱이 메디아 루나
에서, 설사 그의 업무와 위치에 대해 들은 적이 없더라도 그럴
수는 없는 일이었다. '네 이놈, 두고 보자.' 그는 마음속으로 이
를 갈았다.

— 그 일은 어떻게 돌아가고 있소?

'이제야 내 차례가 돌아왔군.' 풀고르는 자신의 진면목을 보
여줄 때라고 생각했다.

— 하나부터 열까지 엉망이오. 마지막 것까지 다 팔아치웠
지만, 남는 게 없소.

그는 채무 내용이 담긴 서류를 꺼냈다. '변제할 액수가 너무
많소.'라고 강조할 참이었다. 그러나 페드로 파라모의 말이 더
빨랐다.

— 상대가 누구요? 나는 액수가 아니라 누구에게 빚을 졌
는지 *그게* 알고 싶소.

풀고르는 명단을 쭉 불러주고 난 뒤에 덧붙였다.

— 기일 내에 변제해야 하는데, 더 이상은 융통할 만한 여
력이 없는 게 문제요.

— 그 이유는?

— 당신 가족들 탓이오. 하나같이 달라고만 했지, 돌려주
진 않았소. 내가 "이런 식으로 가다간 모든 게 끝장납니다."라
고 말했지만, 다들 내 충고를 귀담아듣지 않았소. 그나마 다행
이라면, 그 땅에 관심을 두는 사람이 나타났다는 거요. 시세

도 잘 쳐줄 것 같은데, 그 돈이면 당장 돌아올 어음은 막을 테고, 잘하면 조금은 남을 거요. 그래 봤자 빚이 줄어드는 정도지만.

──그 땅에 관심을 두고 있다는 사람이 혹시 당신 아니오?

──나를 어떻게 보고서 감히 그런 말을!

──나는 하느님의 말씀만 믿소. 이제부터 모든 일을 하나씩 처리할 테니, 똑바로 들으시오. 프레시아도 자매에게 진 빚이 가장 많던데, 맞소?

──그렇소. 그만큼 적게 갚은 데다, 당신 부친이 생전에 맨 뒤로 제쳐둔 탓도 없지 않소. 아무튼 엔메디오 목초지는 자매가 공동으로 소유하고 있는데, 언니인 마틸데가 과달라하라인지 콜리마인지 확실치는 않지만 도시로 가는 바람에 동생인 롤라, 다시 말해 도냐 돌로레스 명의로 되어 있소.

──내일 당장 롤라에게 청혼을 하시오.

──그 여자가 나를 좋아할 거라고 생각해서 묻는 말이오? 나는 이미 늙었소.

──당신이 아니라 내가 청혼을 하겠다는 거요. 그 여자는 은근한 매력이 있소. 당신은 그 여자에게 가서 이 페드로 파라모가 사모하고 있다고 전하시오. 보나마나 좋은 소식이 있을 거요. 그리고 한 가지 더, 가는 길에 렌테리아 신부에게 들러서 계약을 수정한다고 일러두시오. 그런데 지금까지 우리가 갚은 게 얼마요?

──한 푼도 없습니다, 돈 페드로.

──돈이 되는 대로 갚을 테니 염려 말라고 하시오. 형편이

크게 어렵지 않을 텐데……. 여하튼 그 일도 내일 당장 처리하시오.

—알드레테 건은 어떡할 셈입니까?

—알드레테라니! 프레고소, 구스만, 프레시아도 건까지 한 마디도 없다가 느닷없이 알드레테를 들먹이다니, 도대체 무슨 말을 하자는 거요?

—그건 별개 문제요. 그 양반은 구획이 잘못되었다며 당장 땅을 정리하자고 요구 중입니다.

—그 일은 미뤄두시오. 그리고 이제부터 구획은 없소. 땅이란 본래 경계가 없는 법. 풀고르 씨, 당신도 차츰 내 말뜻을 이해하게 될 거요. 그런데 끝까지 서 있을 작정이오?

—그렇지 않아도 막 앉으려던 참입니다. 돈 페드로, 함께 일을 하게 되어 영광입니다.

—거듭 강조하지만, 롤라를 잘 설득하시오. 사실 나는 그 여자를 좋아하고 있소. 풀고르 씨, 그 여자 눈빛을 보았던가요? 무슨 말인지 알았으면, 내일 아침 일찍 만나시오. 그리고 이제부터 집사 업무가 줄어들 테니 메디아 루나는 잊도록 하시오.

*

'어린놈이 도대체 어디서 그런 묘안들을 끄집어냈단 말인가.' 풀고르 세다노는 깊은 생각에 잠긴 채 메디아 루나로 돌아가고 있었다. '사실 난 그놈에게 털끝만치도 기대한 게 없었어. "아무짝에도 쓸모없는 녀석이오." 지금은 고인이 된 돈 루카스가 그렇게 말하지 않았던가. "그놈은 게을러 터졌소." 그래서 나는 그 말을 믿지 않았던가. "풀고르 씨, 내가 죽거든 다른 일을 찾도록 하시오." "명심하겠습니다, 돈 루카스." "나는 저놈을 신학교에 보낼 생각이었소. 내가 없어도 제 어미를 보살필 거라고 생각했던 거요. 하지만 그것조차 틀렸소." "기대를 저버렸다는 말씀이군요, 돈 루카스." "기대할 게 없소. 저놈은 나중에 나를 외면할 놈이오. 나는 자식 농사에 실패했소. 그건 그렇고, 풀고르 씨, 당신이 원하는 게 뭐요?" "이런 말씀을 드려야 하다니 유감이군요, 돈 루카스."

상황은 달랐다. 만일 메디아 루나에 눈독을 들이지만 않았어도, 풀고르는 어린 그를 만날 생각조차 없었다. 아니 말 한마디 없이 떠나버렸을 것이다. 풀고르에게 있어 메디아 루나는 각별한 땅이었다. 비록 엄청난 땀을 요구하는 헐벗은 언덕이긴 하지만, 아직은 쓸 만한 밭고랑이 남아 있는, 그 자체로서 비옥한 땅이었다. '엔메디오 땅이여, 어서 오지 않고!' 마음속으로 그렇게 중얼거리는 순간, 그의 눈앞으로 땅이 보였다. 마치 예전부터 거기 있었던 것처럼. 그는 이제 모든 게 한 여인의 마음에 달려 있다고 판단했다. '암, 그렇게 되고말고!' 그는 농장의 거대한 문을 나서며 채찍으로 자신의 다리를 힘껏 내리쳤다.

*

돌로레스의 마음을 움직이는 일은 힘들 게 없었다. 그녀의 눈빛이 살아나면서 안색까지 변하고 있었다.

—돈 풀고르, 이런 모습을 보여드려 죄송해요. 그분이 나를 마음에 두었다니, 전 도저히 믿어지지 않아요.

—당신을 생각하느라 잠을 이루지 못하고 있소.

—하지만 그분은 얼마든지 고를 수 있잖아요. 코말라만 해도 예쁜 여자들로 넘쳐나는데, 이 이야기가 알려지면, 다들 뭐라고 하겠어요?

—돌로레스 양, 그분은 오로지 당신 생각뿐이오.

—몸 둘 바를 모르겠군요. 꿈도 꾸지 못했던 일이라서.

—그분이 속내를 드러내지 않았던 탓이오. 생전에 돈 루카스께서 두 사람을 반대하는 바람에 자식의 도리를 지켰지만, 이제는 사정이 달라졌소. 사실 이렇게 늦은 것도 업무 때문에 차일피일 미뤘던 이 사람의 불찰이니 용서하시오. 혼인 날짜를 이틀 후로 잡았는데, 어떻소?

—너무 촉박하지 않을까요? 나는 준비한 게 없어서, 언니에게 편지를 쓸까 해요. 아니, 사람을 직접 보내겠어요. 오늘이 4월 1일이니까…… . 안 돼요. 아무리 서둘러도 4월 8일은 되어야 해요. 돈 풀고르, 며칠 더 날짜를 달라고 전해 주시겠어요?

—그분은 당장 결혼식을 올릴 작정이오. 혼수가 문제라면, 걱정할 것 없소. 돌아가신 그분의 모친도 자신의 옷을 입은

돌로레스 양을 보면 무척 기뻐하실 거요. 옷을 대물림하는 일은 그분들의 관습이잖소.

　—사실은 다른 문제가 있답니다. 그게, 그러니까 여자들 일이라서……. 아, 이 일을 어떻게 설명해야 할지, 차마 얼굴을 들 수 없군요. 사실 달거리가…….

　—그게 무슨 상관이오? 남녀 간의 결혼에서 사랑하는 마음 외에 필요한 건 아무것도 없소.

　—돈 풀고르, 내 마음을 이해하지 못하시는군요.

　—어찌 이해하지 못하겠소. 결혼식은 이틀 후가 될 터이니, 그렇게 아시오.

그는 딱 여드레만 더 여유를 달라며 양팔을 뻗어 앞을 가로막는 돌로레스를 뿌리치고 대문을 나섰다.

'이 결과를 돈 페드로 —세상에 페드로처럼 영악한 놈이 또 있을까! —에게 알리고, 재산이 공동 소유라는 것을 재판관에게 알리는 거야.' 그는 다시 한번 스스로에게 다짐했다. '풀고르, 잊으면 안 돼. 내일은 눈을 뜨자마자 알려야 한다고.'

한편 돌로레스는 풀고르가 떠나자마자 물을 데우기 위해 항아리를 들고 부엌으로 달려갔다. "서둘러야 해. 그래서 오늘 밤 사이에 깨끗이 씻어내는 거야. 하지만 아무리 기를 쓴들 사흘은 걸릴 텐데……. 아, 여자의 운명이란 게 이런 것인가. 하느님, 제게 돈 페드로 님을 주셔서 고맙습니다. 이보다 더 큰 기쁨이 어디 있겠습니까." 이어 이렇게 덧붙였다. "설사 나중에 나를 저버린다고 한들."

＊

——청혼 일은 흔쾌하게 처리되었습니다만, 렌테리아 신부는 만만찮게 나오더군요. 연체 이자만 해서 60페소를 요구했고, 제단을 세우는 일 외에 식탁이 망가졌다는 겁니다. 그래서 차후에는 기일 내에 변제하고 식탁은 새것으로 구해 주겠다고 약속했습니다. 그리고 신부는 파트론께서 미사에 나오지 않고 조모님이 돌아가신 뒤부터 십일조도 안 낸다고 책망하더군요. 그러니 어떡합니까. 앞으로는 미사에 참석하고 헌금도 꼬박꼬박 낼 거라고 둘러댈 수밖에.

——돌로레스에게 결혼 지참금 얘기는 했소?

——그 이야기는 미처 꺼내지 못했습니다, 파트론. 모든 얘기를 진심으로 받아들이며 기뻐하는 사람에게 차마 그럴 순 없더군요.

——당신은 어린애요.

'요것 봐라! 쉰다섯 살이 넘은 나를 어린애라니. 이마에 아직 피도 안 마른 새파란 녀석이 내일모레면 저승길로 갈지도 모를 늙은이에게 어린애라니……'

——단지 저는 들떠 있는 그 여자의 마음을 건드리고 싶지 않았던 것뿐입니다.

——이유야 어쨌든, 당신은 아직 어린애란 말이오.

——명심하겠습니다, 파트론.

——다음 주에는 알드레테에게 가서 선을 다시 긋자고 하시오. 그자는 메디아 루나가 자기 것인 양 제멋대로 차지하고

있소.

—그 문제는 제가 보증하지만, 실측에 의거해서 정해진 땅입니다.

—아무튼 측량이 잘못된 거라고 얘기하시오. 여의치 않으면, 아예 갈아엎어 버리든지.

—법이 있는데, 어찌…….

—법이라니, 이제부터 법은 우리가 만드는 거요. 풀고르 씨, 메디아 루나에는 그런 일을 처리할 만한 인재들이 없다는 거요?

—없는 것은 아닙니다.

—그러면 그자들을 알드레테에게 보내고, 당신은 '토지 무단 점유' 같은 적절한 구실을 찾아 소송을 거시오. 그리고 그 양반을 만나거든, 루카스 파라모는 죽었으니 모든 일은 이 페드로 파라모와 처리해야 할 거라고 단단히 이르시오.

구름 한 점 없이 맑게 갠 파란 하늘이었다. 바람은 창공을 그을 듯한데, 대지는 열기로 달아오르고 있었다.

*

그는 부질없는 짓인 줄 알면서도 채찍 손잡이로 다시 대문을 두드렸다. 늘 그랬듯 문이 열리는 것은 페드로 파라모의 기분에 달린 일이었다. 그는 대문의 상인방을 쳐다보며 혼잣말로 중얼거렸다. "누구 것이 되었든, 검은 리본들 색깔이 참 곱기도 하군."

바로 그때, 페드로 파라모가 문 앞에 모습을 나타냈다.

——들어오시오, 풀고르 씨. 알드레테 일은 어떻게 되었소?

——말끔하게 처리되었습니다, 파트론.

——이제 프레고소 일만 남았군. 풀고르 씨, 그 일은 잠시 보류하시오. 오늘부터는 만사를 제쳐두고 신혼의 단꿈에 빠져들 생각이니까.

*

——이 마을은 메아리로 가득 차 있어. 담벼락 사이나 돌무더기 틈에 오랫동안 갇혀 있던, 그런 메아리 말이지. 이렇게 걷다 보면, 땅을 밟는 소리가 아니라 자신의 발소리를 밟는 듯한 느낌이 들 거야. 웃음소리도 그래. 어떤 때는 그 소리가 킥킥대는 웃음소리처럼 들리다가, 어떤 때는 마치 웃다가 지쳐버린 웃음소리처럼 들리거든. 물론 나는 그런 소리들이 언젠가는 잠잠해질 거라고 생각하지.

길을 걷는 동안, 다미아나 시스네로스가 끊임없이 주절대고 있었다.

——한번은 어떤 축제에서 일어났던 이야기를 듣느라 며칠 동안 밤을 새운 적도 있었지. 그 소리가 얼마나 컸으면 메디아 루나까지 들렸을까. 나는 그 소리를 쫓아 이곳까지 왔었어. 그런데 지금처럼 아무도, 아무것도 없이 텅 비어 있더군.

나는 그녀의 이야기를 듣지 않았다. 그녀를 만났다는 기쁨에 들뜬 탓인지 이야기가 어떻게 흘러가든 관심조차 두지 않았다.

　—이 마을은 메아리로 가득 차 있어. 이제 나는 깜짝깜짝 놀라지도 않아. 지금 내 귀에는 개 짖는 소리가 들리지만, 그저 들리나 보다 하고 말지. 자네 눈에는 나무 한 그루 보이지 않겠지만, 바람이 불면 내 귀에는 나뭇잎을 쓸어 가는 소리가 들려. 예전에는 이곳에 나무가 서 있었겠지.

　그런데 기분이 언짢을 때도 없진 않아. 특히 사람들의 말소리를 들을 때가 그래. 또렷하면서, 동시에 비좁은 틈새를 비집고 나오는 듯한 말소리가 답답하게 느껴지거든. 사실 나는 자네를 만나러 오는 도중에도 상가(喪家)에서 밤을 새우는 사람들을 보았지. 그래서 기도문을 외우려고 걸음을 멈추는데, 사람들 틈에서 어떤 여자가 걸어 나오며 내 이름을 부르더군.

　"다미아나! 나를 위해 기도해 줘, 다미아나!"

　그 여자가 베일을 벗는데, 가만 보니 식스티나 언니였어. 그래서 내가 물었지.

　"언니, 여기서 뭘 해?"

　하지만 언니는 대답도 없이 다른 여자들 사이로 달려가더군.

　우리 언니는 내가 열두 살 되던 해에 죽었어. 당시 우리 집 식구가 전부 열여섯 명이었는데, 자네도 사람들을 죽음으로 몰고 가던 시절을 상상할 수 있겠지. 잘 보게, 여전히 이 세상을 떠돌고 있는 죽은 자들을. 그러니 앞으로는 얼마 전에 죽은 자들의 말소리와 메아리 소리를 듣더라도 너무 놀라지 말게, 후안 프레시아도.[21]

　—아주머니도 제가 올 거라는 기별을 우리 어머니에게 받

으셨나요?

내가 물었다.

──기별이라니? 그러잖아도 물어볼 참이었는데, 자네 모친
은 어떻게 지내시나?

──돌아가셨습니다.

──돌아가셨다고? 아니, 어쩐 일로?

──모르지요. 슬픔에 겨웠는지, 평생을 한숨으로 보내셨
어요.

──그건 좋지 않아. 한숨을 쉴 때마다 마음과 육신이 찢겨
나가거든.

──사실 저는 어머니의 속사정을 아주머니가 아실 거라고
생각했습니다.

──그것을 내가 어떻게 알겠나? 세상일을 모르고 지낸 지
가 한참 옛날인데.

──그렇다면, 저는 어떻게 알았죠?

──…….

──당신은 산 사람인가요? 아주머니, 말씀 좀 해보세요. 다
미아나 아주머니!

순간 나의 눈에 들어오는 것은 텅 빈 거리였다. 천장도 없
고 지붕도 없이 하늘로 뻥 뚫린 집들, 그리고 빈 창문을 통해
보이는 잡초와 나뭇가지들…….

"다미아나 아주머니! 다미아나 시스네로스 아주머니!"

---

21) 화자 후안 프레시아도의 이름이 처음으로 언급되는 부분이다.

나는 그 여인의 이름을 외쳐 불렀다. 하지만 돌아오는 것은 공허한 메아리뿐이었다. "……아나 ……머니! 다미…… 네로스……!"

*

개 짖는 소리가 들렸다. 마치 나 때문에 잠에서 깨어난 듯 짖어대고 있었다.

한 남자가 길을 건넜다. 나는 그 남자를 불렀다.

— 이봐요!

그러나 돌아온 대답은 나의 목소리였다.

— 이봐요!

어디선가 말소리가 들렸다. 길모퉁이에서 여자들이 나누는 대화 같았다.

— 저기 누가 오고 있어. 혹시 필로테오가 아닐까?

— 맞아, 그 남자야. 모른 척해.

— 빨리 가. 계속 따라오는 걸 보면, 우리 둘 중에 누군가를 좋아하는 게 분명해. 그게 누굴까?

— 보나마나 너겠지.

— 나는 너라고 생각하는데.

— 됐어, 그만 뛰자. 우리 뒤에 오다 말고 모퉁이에 서 있잖아.

— 우릴 따라온 게 아니었나 보지?

— 만일 따라왔다면, 누굴 찍었을까?

──행여 꿈도 꾸지 마.

──어쨌든 다행이지 뭐. 우리는 저 남자 손아귀에서 벗어났으니까. 사람들이 수군거리는데, 페드로 파라모에게 여자애들을 소개시켜 주는 사람이 바로 저 남자래.

──그래? 어쨌든 그 노인네는 싫어.

──어서 가는 게 낫겠어.

──말 잘했어. 빨리 가자.

*

밤. 자정이 훨씬 지난 시간. 그리고 사람들의 음성.

──……올해 옥수수가 잘 되면 자네 빚을 꼭 갚겠다고 했지만, 농사를 망치면 어떡하겠나. 자네가 참아야지.

──빚 독촉을 하는 게 아닐세. 알다시피 나는 언제나 자네 편이지만, 문제는 그 땅이 자네 땅이 아니라는 거야. 다시 말해 자네가 지금까지 남의 땅에 농사를 지었는데, 무슨 수로 내 빚을 갚겠다는 건가?

──내 땅이 아니라니, 대체 누가 그따위 말을 하고 다니는 거지?

──자네는 그 땅을 이미 페드로 파라모에게 팔았더군.

──나는 그 양반 근처에도 얼씬거린 적이 없었어. 그 땅은 내 땅일세.

──그건 자네 생각이지. 그쪽에서는 다들 그 양반 거라더군.

──그따위 얘기를 하려거든, 당사자인 나에게 직접 해야지.

─어이, 갈릴레오. 나는 자네 말을 믿어. 자네가 누구야? 내 매제 아닌가. 자네가 성실하고, 내 누이동생을 끔찍이 아낀다는 사실은 세상 사람이 다 알고 있어. 그렇지만 이미 팔아넘긴 땅을 팔지 않았다고 우기지는 말게.

─거듭 말하지만, 나는 어느 누구에게도 내 땅을 판 적이 없어.

─페드로 파라모 땅인데, 자네가 어떻게 팔고 말고 하겠나. 들리는 말로 그 양반이 아주 벼르고 있다더군. 그런데 풀고르 씨가 찾아오지 않았나?

─그 양반이 나를 찾아와서 무얼 어쩌겠다고?

─내일은 오겠지. 내일 못 오면 그 다음 날에라도 찾아올 걸세.

─무슨 꿍꿍이속인지 모르겠지만, 내가 죽든 그 양반이 죽든 가부간에 결판은 나겠군.

─혹시나 해서 기도나 미리 해두겠네. 리키에스캇 인 파스, 아멘.[22]

─그런 염려까지는 필요 없네. 나를 다시 보게 될 테니까. 우리 어머니가 자식들을 무두질하듯 거칠게 키웠던 것은 이런 때가 올 거라고 예견하셨던 거겠지.

─내일 보자고. 내 누이 펠리시타에게는 오늘 저녁을 밖에서 먹는다고 전해 주게. 매제, 다시 말하지만 나는 나중에 후회할 짓은 하지 않는 사람일세. '이 답답한 사람아, 어젯밤

---

22) Riquiescat in paz, amén. '고인이여, 편히 잠드소서, 아멘.'이라는 뜻.

나는 그 양반과 함께 있었어.'

─밤늦게 출출할지 모르니, 자네 누이에게 밤참을 남겨두라고 얘기하겠네.

사람들의 발소리가 차츰 멀어지고 있었다.

*

─……초나, 날이 밝는 대로 떠나야 해.

─우리 아버지가 화병으로 쓰러지는 모습을 보고 싶어? 가뜩이나 연로하신데 좋지 않은 일이라도 생기면, 나는 평생 그 죄를 용서받지 못할 거야. 이 세상에 우리 아버지를 돌봐 줄 사람 하나 없다는 걸 잘 알면서 왜 나를 데려가지 못해 안달이지? 조금만 더 기다려줘. 우리 아버지가 살면 얼마나 더 살겠어.

─너는 작년에도 똑같은 말을 했어. 나를 용기 없는 사내라고 몰아붙인 것도 부족해서 신물이 난다고 했잖아. 그래서 나는 노새까지 마련했어. 초나, 대답해. 나와 함께 갈 거야, 안 갈 거야?

─생각할 시간을 줘.

─초나! 내가 너를 얼마나 사랑하는지, 너는 그걸 모르고 있어. 나는 더 이상 참을 수 없단 말이야. 초나, 우리는 함께 떠나야 해.

─제발 나를 이해해 주면 좋겠어. 아버지가 돌아가시면, 그때는 내가 떠날 거야. 네가 날 데려가지 않아도 내가 떠날

거라고.

—작년에도 그렇게 말했어.

—그래서 어쩌자는 거야?

—어쩌긴. 네 말을 믿고 빌린 노새들도 이제 내 것이 되었어. 초나, 너는 예쁘고 나이도 어려.´우리 마을은 온정이 넘쳐 흐르는 곳이라서 네 아버지를 수발해 줄 여자들은 많아.

—안 돼. 나도 괴로워. 하지만 아버지를 혼자 놔둘 순 없어.

—자꾸 그렇게 나오면 어쩔 수 없지. 훌리아나에게 갈 수밖에.

—가든 말든 알아서 해. 너하고는 상종도 하지 않을 테니까.

—내일 나올 거지?

—천만에, 네 얼굴을 쳐다보는 것도 이젠 지긋지긋해.

*

소리. 사람들의 음성. 소음. 멀리서 들려오는 노랫가락 소리.

가장자리에 눈물이 찍힌
그녀가 건넨 손수건……

가성(假聲)이었다. 마치 그 노래를 여인네들이 부르는 것 같은.

*

나는 소가 끌고 있는 수레 행렬을 보았다. 수레바퀴가 삐걱거리며 천천히 자갈길을 구르는데, 사람들은 마치 잠든 것 같은 모습으로 걷고 있었다.

"……새벽은 온통 수레바퀴 구르는 소리로 가득 찬단다. 초석이며, 옥수수며, 수수깡이며, 도처에서 짐들을 싣고 오는 소달구지 소리로 말이다. 사람들은 창문을 뒤흔드는 수레바퀴 소리에 잠이 깨고, 마을에는 장작불 위에서 갓 구워낸 빵 냄새가 진동하는데, 저만치 아침 하늘이 열리는 거야. 하지만 어떤 날은 달라. 느닷없이 천둥 소리가 들리면서 빗방울이 후드득 떨어지거든. 봄이 온 거야. 얘야, 너도 거기 있다 보면 '느닷없다'는 말에 익숙해질 게다."

빈 수레들이 거리의 정적을 깨뜨리며 어둠 저쪽으로 사라지고 있었다. 그리고 그림자들. 그 그림자들이 남긴 메아리.

나는 왔던 길을 되돌아갈 생각이었다. 저기 저 위, 어둠이 웅크린 저 언덕 사이로 거슬러 가다 보면, 내가 왔던 길이 나올 것 같았다.

누군가가 나의 어깨를 건드렸다.

─여긴 무슨 일이오?

─사람을 찾을까 해서…….

나는 걸음을 멈추었다. ─사실은 아버지를 찾으러 왔거든요.

─그렇다면 왜 들어가지 않고 거기 있는 거요?

나는 지붕이 반쯤은 폭삭 내려앉은 집으로 들어갔다. 한쪽

바닥이 지붕이자 천장인 셈이었다. 다른 한쪽에는 남자와 여자가 있었다.

　—두 분은 죽은 사람들인가요?

　여자는 웃고, 남자는 냉담한 표정으로 나를 쳐다보았다.

　—취했군.

　남자가 말했다.

　—그게 아니고 몹시 놀랐나 봐요.

　여자가 그 말을 받았다.

　석유 등잔불이 타오르고 있었다. 한쪽으로 대나무 침대와 여자 옷이 걸린 갈대 의자가 놓여 있었다. 두 사람은 조물주가 태초에 우리에게 주었던, 실오라기 하나 걸치지 않은 알몸이었다.

　—누군가가 헛소리를 지껄이며 대문에 머리를 찧는 소리가 들립디다. 그래서 나가 보니 당신이었소. 무슨 일이오?

　—너무 많은 일을 겪어서 그런지, 잠을 자고 싶군요.

　—우리도 잠이 들었던 참이오.

　—잘됐군요.

*

　밤사이의 기억들이 가물거리는 새벽이었다.

　밤새 나는 간간이 소곤거리는 말소리를 듣고 있었다. 그러나 내가 들었거나 알아들었던 말들은 음성이나 음향이 없었다. 다시 말해 나는 말소리를 들은 것이 아니라 느끼고 있었다. 소리가 없는, 마치 꿈결에서 듣는 듯한 말소리를.

─누구죠?

여자가 물었다.

─난들 어떻게 알아.

남자가 대답했다.

─어떻게 여기까지 왔을까요?

─난들 어떻게 알겠냐고.

─자기 부친이 어쩌고저쩌고 하는 말을 들었어요.

─그 얘기는 나도 들었지.

─혹시 길을 잘못 든 것은 아닐까요? 당신도 기억하죠? 언젠가 길을 잃고 헤매던 사람들 말이에요. 그 사람들이 콘피네스라는 곳을 찾다가 길을 잘못 들었다고 하자, 당신은 그곳을 모른다고 대답했잖아요.

─그랬지. 하지만 그게 어쨌다는 거야? 아직 동도 트지 않았으니, 나 좀 더 자게 놔둬.

─하지만 날이 샜어요. 일찍 깨워달라고 해놓고선 왜 딴소리죠? 내가 지금 말을 거는 이유는 그것 때문이에요. 어서 일어나세요!

─내가 왜 깨워달라고 했지?

─몰라요. 당신이 일찍 깨우라고 해서 깨운 것밖에.

─모르면, 그냥 내버려 둬. 그리고 당신은 저 사람이 처음에 했던 얘기도 못 들었어? 그냥 자게 해달라고.

말소리들이 흩어지고 있다. 소리들이 사라지고 있다. 소리들이 잠겨 들고 있다. 이제 아무도 말하지 않는다. 아무것도.

꿈이다.

얼마나 지났을까. 다시 말소리가 들린다.

— 이제 막 움직이고 있어요. 하긴 잠자리까지 내주었으니, 미안해서라도 일어나겠죠. 그런데 우릴 쳐다보는 게 뭔가를 묻고 싶은 눈치 같지 않아요?

— 우리에게 물어볼 게 뭐가 있겠어?

— 그래도 뭔가 할 말이 있는 게 아닐까요?

— 그냥 놔둬. 몹시 고단해서 그럴 테니까.

— 고단하다고요?

— 여보, 제발 그만해.

— 잘 봐요. 움직이잖아요. 잠결에 뒤척이는 것 같지만, 사실은 다른 생각을 하고 있는 거예요. 나도 저런 때가 있었거든요.

— 저런 때가 있었다니, 그게 뭔데?

— 그거요.

— 그거라니, 지금 무슨 말을 하는 거야?

— 어쩌면 그냥 지나쳐버렸는지도 모르죠. 하지만 저렇게 뒤척이는 모습을 보니, 당신이 처음 내게 했던 일이 떠올랐어요. 내가 그것 때문에 얼마나 고통스러웠는지, 아니 얼마나 후회했는지 당신은 모를 거예요.

— 내가 뭘?

— 당신은 원하지 않았겠지만, 내 마음은 찢어질 듯 아팠어요. 그게 잘못된 일이란 것을 알았거든요.

— 여태껏 그 이야기를 꺼내려고 그랬던 거야? 알았으니,

이제 그만하고 나 좀 자게 놔둬.

—일찍 깨워달라고 했잖아요. 내가 일찍 깨운 이유는 하느님도 알고 있어요. 그러니 어서 일어나요!

—여보, 날 좀 가만히 놔두라니까.

남자는 다시 잠이 든 것 같았다. 여자는 여전히 보채고 있었지만, 목소리는 한결 가라앉아 있었다.

—빛이 들어오는 것으로 봐서 날이 샌 게 분명해요. 저 사람 모습이 여기서도 잘 보이잖아요. 이제 곧 해가 뜰 거예요. 그런데 어떡하지? 모르긴 몰라도 저 사람은 나쁜 사람임이 틀림없어. 우리는 그런 사람에게 모포까지 내주었고. 딱 하룻밤이었으니까 별 문제는 없겠지만, 그것 때문에 좋지 않은 일이 생기면……. 저것 봐요. 자리가 불편해서 그런지 자꾸 뒤척이잖아요. 그렇지만 잠자리가 있으면 뭘 해. 자신의 영혼이 함께하지 못하는걸.

날이 밝고 있었다. 빛이 사물의 그림자들을 거둬 가고 있었다. 그림자들을 망가뜨리고 있었다. 사람들의 온기가 느껴지고 있었다. 눈꺼풀 사이로 새벽의 여명이 닿고 있었다. 어렴풋이 빛이 감지되고 있었다.

—저렇게 뒤척이는 걸 보면 형벌을 받은 게 분명해. 나쁜 사람들이 저렇잖아. 도니스, 어서 일어나 저 사람을 보라니까요! 바닥에 나뒹굴고 있어요. 침까지 흘리잖아요. 보나마나 죽은 사람들에게 죄를 지은 게 틀림없어요. 그런데도 당신은 저 남자가 어떤 사람인지 알아보지도 못했던 거예요.

—불쌍한 사람이야. 그러니 그만해. 나도 잠을 자야 할 게

아냐!

　——잠이 오지 않아요. 저 사람을 저렇게 놔두고서 어떻게 잠이 오겠어요.

　——정 그렇다면, 다른 데로 가서 실컷 떠들지그래.

　——좋아요. 나는 밖에 나가 불을 때겠어요. 그런데 저 사람더러 이곳으로 오라고 하면 안 될까요? 내가 누웠던 자리에서 자면 되잖아요.

　——알아서 해.

　——하지만 무서워요.

　——무서우면 나가서 일이나 해. 나는 잠이나 더 잘 테니.

　——그러죠, 뭐.

　——나간다면서 뭘 그렇게 꾸물대는 거지?

　——지금 나가고 있잖아요.

　그 여자가 침대에서 내려서는 느낌이 들었다. 그녀의 맨발이 바닥을 울리면서 내 머리 위를 지나가고 있었다. 나는 눈을 떴다가 다시 감았다.

　다시 눈을 떴을 때, 해는 중천에 떠 있었다. 나는 곁에 놓여 있는 커피를 몇 모금 마셨다.

　——미안해요. 마실 거라곤 커피뿐인데, 그나마 조금밖에 없었어요. 여긴 모든 게 부족해서…….

　여자 목소리였다.

　——그건 걱정하지 않아도 됩니다.

　나는 그녀에게 말했다. ——본래 조금밖에 마시지 않거든요. 그런데 여기는 어떻게 나갑니까?

—어디로 가는데요?

　　—뭐, 어디든지요.

　　—길은 많아요. 하나는 콘틀라로 가는 길이고, 다른 하나
는 거기서 이쪽으로 오는 길이에요. 그리고 또 하나는 산으로
쭉 뻗은 길인데, 그 길은 어디로 가는지 나도 몰라요.

　　그녀는 손가락으로 부서진 지붕과 천장에 난 구멍을 가리
키며 덧붙였다. —저길 보세요. 길이 또 있죠? 저게 메디아
루나로 가는 길이에요. 그것만이 아니에요. 모든 곳을 관통하
는 길이 하나 더 있는데, 그 길로는 가장 먼 곳까지 갈 수 있
어요.

　　—방금 마지막으로 가리킨 게 내가 왔던 길일지도 모르겠
군요.

　　—어디로 가실 거죠?

　　—사율라로 갈 생각입니다.

　　—기억을 잘 더듬어보세요. 나는 여태껏 사율라가 이쪽
방향에 있는 줄 알았지 뭐예요. 사실 나는 늘 사율라에 가보
고 싶었어요. 들리는 얘기로 그쪽에는 사람들이 많다던데, 그
런가요?

　　—도처에서 사람들이 몰려드는 곳이지요.

　　—세상은 넓은데, 여긴 너무 적적해요. 무척 열심히 살긴
살았는데…….

　　—바깥양반은 어디 가셨습니까?

　　—사실 그분은 남편이 아니라 오라버니예요. 그리고 그분
은 이런 사실이 알려지길 원치 않아요. 지금쯤 그분은 들소를

뒤쫓느라 정신이 없을 거예요.

—이곳에서 얼마나 지냈습니까?

—태어나서 줄곧 여기 살았어요.

—그렇다면 돌로레스 프레시아도라는 분을 아시겠군요.

—내 오라버니가 아는 분인지는 모르겠지만, 나는 사람들을 거의 몰라요. 바깥으로 나간 적이 없었거든요. 여기서 처음부터 바깥 한번 나가지 못한 채……. 좋아요, 항상 그렇지만은 않았어요. 나는 오라버니가 나를 자기 여자로 만든 뒤부터 혼자 지냈어요. 그때부터 남의 눈에 띌까 봐 숨어 살았고요. 오라버니는 내 말을 안 믿으려고 하지만, 내가 남을 두렵게 만드는 여자인 것만큼은 사실일 거예요. 그렇죠?

그녀는 해가 비치는 곳으로 바짝 다가가며 덧붙였다. —자, 내 얼굴을 보세요!

그 여자의 얼굴은 어디서나 흔히 볼 수 있는 모습이었다.

—나에게 얼굴을 내보이는 까닭이 뭡니까?

—잘 보세요. 이 죄인의 얼굴이 안 보여요? 얼굴에 나 있는 흉측한 버짐 같은 검붉은 반점들이 안 보이냐고요. 이것은 단지 겉모습일 뿐, 내 몸속은 숫제 형벌의 자국이 물결을 이루고 있어요.

—여기는 사람이 살지 않는 곳인데, 누가 그쪽 얼굴을 보겠습니까? 이곳을 샅샅이 뒤졌지만, 아무도 없더군요.

—그건 그쪽 생각일 뿐이지 아직도 많은 사람들이 있어요. 그쪽은 필로메노, 도로테아, 멜키아데스, 프루덴시오 노인, 소스테네스가 여기에 살지 않는다고 말할 생각인가요? 그 사

람들은 단지 갇혀 지내는 것뿐이에요. 그 사람들이 낮에 무슨 일을 하는지는 몰라도 밤이 되면 자신들의 은둔처 주위를 돌아다닌다는 것쯤은 나도 알고 있어요. 이곳은 밤이면 유령들의 세계로 변해요. 혹시 거리를 방황하고 있는 유령들을 못 보셨어요? 유령들은 날이 어두워지면 바깥으로 나오는데, 그들을 보고 싶어 하는 사람은 아무도 없어요. 유령은 많지만, 우리는 몇 사람에 불과해요. 그래도 서로 다투는 일은 없어요. 유령들이 고통에서 벗어날 수 있도록 우리가 기도해 주거든요. 그 기도가 절반만 통해도 다행이지만. 우리는 하느님의 은총을 받았다고 말할 수 없어요. 우리 중에 하늘을 우러러 부끄럽지 않은 사람은 없으니까요. 언젠가 이곳을 지나가던 한 사제 분이 부끄러움은 치유되지 않는다더군요. 그날 나는 그분 앞으로 다가가서 모든 것을 고백했어요. 그러나 그분은 단호했어요.

"그건 용서될 수 없는 일이오."

"부끄럽답니다."

"그런다고 해결될 일이 아니오."

"제발 저희들이 결혼할 수 있도록 허락해 주세요."

"헤어지시오!"

"저는 삶이 우리 두 사람을 결합시켰다고 말씀드리고 싶군요. 그동안 우리는 이곳에 갇힌 채 뒹굴며 살았어요. 이곳에는 저희 두 사람뿐이라 어떤 식으로든 마을을 만들고 가계를 이루어야 했답니다. 사제님, 허락해 주세요. 사제님이 이곳을 다시 찾게 되면, 그때는 견진 성사를 받게 될 사람을 보게 될

지도 모르잖아요."

"헤어지시오. 그것만이 유일한 길이오."

"저희는 앞으로 어떻게 살란 말씀인가요?"

"사람답게 살라는 거요."

──사제는 떠났어요. 말에 오르더니, 마치 타락의 온상을 지켜본 듯한 표정을 지었어요. 그리고 다시는 뒤돌아보지 않고 훌쩍 떠났는데, 끝내 돌아오지 않았어요. 그랬으니 이곳이 유령들로 넘쳐날 수밖에 더 있겠어요? 우리는 구원을 받을 만한 가치도 없는 존재들이에요……. 가만, 이 소리 들려요?

──예, 듣고 있습니다.

──그분이에요.

문이 열렸다.

──들소는 어떻게 되었어요?

──올 생각이 없었나 봐. 그래서 하는 수 없이 찾아 나섰던 거고. 어쨌든 수중에 들어온 거나 다름없으니, 오늘 밤에 덮칠 거야.

──밤에 나를 혼자 두고서요?

──그럴지도 모르지.

──말도 안 돼. 밤에는 내 곁에 있어야 해요. 그래야 내 마음이 평온해지는 건 당신도 잘 알잖아요.

──오늘 밤은 꼭 들소를 잡아야 해.

그 순간 나는 두 사람의 대화에 끼어들었다.

──두 분이 남매라는 사실을 조금 전에 알았습니다.

──조금 전에 알았다고? 그런 식으로 말하자면, 나는 당신

보다 훨씬 오래전에 알았소. 그러니 우리 일에 간섭하지 않는 게 나을 거요. 우리는 누가 우리 두 사람에 대해 왈가왈부하는 것을 원치 않으니까.

─다른 뜻은 없습니다. 당신들을 이해한다는 것 외엔.

─당신이 뭘 이해한다는 거요?

그때 여자가 남자 곁으로 다가서더니, 그의 어깨에 기댄 채 똑같은 질문을 했다.

─뭘 이해한다는 거죠?

─아무것도, 뭐가 뭔지 하나도 모르겠어요.

이어 나는 이렇게 덧붙였다. ─나는 내가 왔던 곳으로 돌아가고 싶군요. 아직은 해가 있으니, 지금 떠나겠습니다.

─내일까지 기다리는 게 나을 거요.

남자가 나의 말을 가로막고 나섰다. ─금방 날이 어두워질 테고, 사방이 바위투성이라 길을 잃을 수도 있소. 내가 앞장서 드릴 테니 내일 떠나도록 하시오.

─그럴게요.

*

하늘을 향해 뻥 뚫린 천장 위로 한 떼의 새들이 날고 있었다. 날이 더 어두워지기 전에 둥지를 찾아가는 개똥지빠귀였다. 구름 몇 조각이 대낮을 거두어 가는 바람에 흩어지고 있었다.

날이 저물면서 별이 뜨고, 한참 지나자 달이 떠올랐다.

뜰로 나 있는 쪽문을 통해 바깥으로 나갔던 두 사람이 다시 돌아온 것은 한밤중이었다. 그랬으니 그들은 내가 혼자 있는 동안에 무슨 일이 생겼는지, 어떤 일이 일어났는지 알 턱이 없었을 것이다.

저녁 무렵이었을까. 어떤 여자가 불쑥 방 안으로 들어오더니 주위를 휙 둘러보았다. 앙상한 뼈마디에 살가죽만 남은 노파였다. 그녀는 나를 보지 못했는지, 아니면 내가 잠들었다고 생각했는지 곧장 침대로 다가갔고, 침대 밑에 있는 궤짝을 끌어내어 그 속에서 무엇인가를 꺼냈다. 두어 장의 모포였다. 그리고 모포를 집어 들자마자 조심스럽게 발끝으로 걸어 바깥으로 나갔다.

나는 숨소리를 죽인 채 애써 딴 곳으로 시선을 던지고 있었다. 나는 얼마나 긴장했던지 한참 만에야 겨우 그녀가 사라진 쪽을 향해 고개를 돌릴 수 있었다. 그러나 내 시야에 들어온 것은 그녀의 뒷모습이 아니라 밤하늘에 떠 있는 별과 달이었다.

—자, 이걸 드세요.

나는 여자의 음성을 들었지만 차마 고개를 돌리지 못했다.

—이걸 마셔요! 당신이 무서워서 떨고 있는 거 잘 알아요. 이건 오렌지 나무 꽃잎으로 만든 즙이라서 두려움을 가라앉히는 데 도움이 될 거예요.

나는 눈앞에 들이밀어진 여자의 손을 확인한 뒤에야 고개를 들었다.

—어디가 편찮은 거요?

여자 뒤에 있던 남자가 물었다.

—잘 모르겠습니다. 지금 나는 두 분의 눈에는 보이지 않는 사람과 사물들을 보고 있는지도 모릅니다. 방금 전에 어떤 여자가 들어왔더군요. 두 분도 그 여자가 나가는 것을 보셨을 겁니다.

—이리 오지 않고 뭐 해!

남자가 내 말이 끝나기 무섭게 역정을 내며 여자에게 말했다. —헛소리를 하는 게 아무리 봐도 수상해.

—이 사람을 침대에 눕혀야겠어요. 심하게 떠는 걸 보니 열이 오르고 있는 게 분명해요.

—그럴 것까지는 없어. 관심을 끌기 위해 그러는 거니까. 메디아 루나에도 저런 부류의 인물이 있었지. 운명을 점친답시고 거들먹거렸는데, 그런 인간이 나중에 나쁜 짓이 들통 나서 내가 모시던 파트론에게 죽게 되는 자기 운세는 못 맞히더군. 저 사람도 그런 부류들과 다를 게 없어. "자, 당신의 운명을 보아드립니다."라고 하면서 이 마을 저 마을을 떠돌아다니는 무리들과 똑같다고. 하지만 여기선 제아무리 발악해도 끼니는 고사하고 사람 얼굴조차 구경 못할걸. 저것 봐! 떨지도 않고 가만있잖아. 안 듣는 척하면서도 내가 하는 말을 다 듣고 있었던 거야.

*

시간이 마치 뒷걸음치고 있는 것 같았다. 나는 다시 밤하늘에 떠 있는 달과 별들을 보았다. 흐트러지는 구름, 하늘을 날아가는 한 떼의 개똥지빠귀. 이어 아직은 빛으로 가득 찬 오후 나절.

담벼락에 반사되는 저녁 햇살, 발끝에 차이는 돌멩이들. 나를 향해 큰 소리로 외치는 마부의 음성. "도냐 에두비헤스를 찾으시오. 아직 살아 있을 테니까."

어둠. 내 곁에서 코를 골고 있는 여자. 그러나 나는 그녀의 불규칙한 숨소리를 들으며 그녀가 짐짓 자는 척하고 있다는 것을 알았다. 대나무 침대를 감싸고 있는 모포는 햇볕에 말린 적이 없는지 역겨운 냄새를 풍겼고, 아욱이나 양털로 만든 듯한 베개는 통나무처럼 딱딱한 데다 땀으로 뒤범벅되어 있었다.

그녀는 내 곁에 누워 있었다. 그녀의 다리가 내 무릎에 닿아 있고, 그녀의 숨결이 내 얼굴에 달라붙고 있었다. 나는 상체를 세워 벽돌처럼 딱딱한 베개에 기댔다.

—주무시지 않을 거예요?

여자가 물었다.

—종일 누워 있어서 그런지 잠이 오지 않는군요. 그쪽 오라버니는 어디 있습니까?

—가야 할 데가 있다는 말 못 들었어요? 오늘 밤에 돌아오지 않을지도 몰라요.

—그쪽이 혼자 있는데도 늘 그런 식인가요?

—그래요. 어쩌면 영원히 돌아오지 않을지도 몰라요. 모두들 그렇지 않던가요? 여기로 갔다 저기로 갔다, 나중에는 멀리 떠나서 아예 돌아오지 않잖아요. 그분도 이곳을 떠나려고

했는데, 오늘이 바로 그날이었을 거예요. 모르죠, 어쩌면 그쪽에게 나를 맡겼는지도. 들소 이야기를 한 것도 떠날 기회를 붙잡은 그분이 만들어낸 적당한 구실이에요. 그쪽도 그분이 돌아오지 않는다는 것을 알게 될 거예요.

'구역질이 날 것 같아 잠시 바람을 쐬어야겠어요.' 나는 그렇게 말하고 싶었지만 막상 입 밖으로 튀어나온 얘기는 달랐다.

—돌아오겠죠. 그러니 너무 심려하지 마십시오.

나는 몸을 일으켰다.

—화덕 위에 요기가 될 만한 걸 놔뒀어요.

그녀가 말했다. —조금밖에 안 되지만 시장기는 가실 거예요.

화덕 위에는 토르티야 두어 조각과 구운 고기 한 토막이 놓여 있었다.

—내가 구할 수 있었던 건 그게 다예요.

그녀의 음성이 다시 들려왔다. —우리 어머니가 물려준 깨끗한 모포 두 장으로 언니가 갖고 있던 음식과 바꿨어요. 아까는 그분이 계셔서 모른 척했지만, 그쪽이 보았다는 그 여자가 바로 우리 언니예요.

헤아릴 수 없이 많은 별이 떠 있는 검은 하늘. 그리고 그 모든 별들 중에서 가장 큰 별, 달.

*

—제 말이 들리세요?

나는 목소리를 낮추어 물었다.

─지금 어디 있니?

어머니의 음성이 대답했다.

─저는 지금 어머니의 고향에서 마을 사람들과 함께 있어요. 제가 안 보여요?

─안 보이는구나.

마치 모든 세상을 감싸는 듯한 어머니의 음성이 대지에 스며들고 있었다.

─네가 안 보여.

*

나는 여자가 잠들어 있던, 지붕이 반쯤 내려앉은 곳으로 돌아왔다.

─내가 누웠던 구석으로 가겠습니다. 침대나 바닥이나 딱딱하기는 마찬가지군요. 혹시 필요한 게 있으면, 아무 때나 얘기하십시오.

─그분은 다시 돌아오지 않아요. 나는 진작 그 눈빛을 읽고 있었어요. 그분은 누군가가 이곳에 오기를 기다리고 있었던 거죠. 그러니 이제부터는 그쪽이 나를 지켜주셔야 해요. 그럴 거죠? 침대로 오세요.

─여기가 편합니다.

─내 말을 듣는 게 나을 거예요. 거긴 진드기들 천지거든요.

나는 침대로 갔다.

*

한밤중에 나를 깨운 것은 열기, 그리고 땀이었다. 온통 흙으로 감싸인, 아니 흙으로 빚은 그 여자의 몸은 마치 진흙탕에 용해된 것처럼 흐트러져 있었다. 나는 그녀의 몸에서 줄줄 흘러내리는 땀에 허우적거리며 부족한 공기를 들이마시기 위해 안간힘을 쓰고 있었다. 숨이 막혔다. 나는 거의 질식된 상태에서 몸을 일으켰다. 잠이 든 그 여자의 입에서는 혼수상태에 빠진 사람이 가까스로 토해 내는 듯한 거친 숨소리가 끊임없이 새어 나오고 있었다.

나는 공기를 찾아 거리로 나섰다. 그러나 나에게 달라붙은 열기는 떨쳐낼 수 없었다.

공기가 없었다. 밤은 8월의 땡볕에 달구어진, 바람 한 점 없이 정체된 열기에 휩싸여 있었다.

공기가 없었다. 나는 폐부에서 목구멍을 통해 입으로 빠져나오는 공기를 두 손으로 감싸서 그 공기가 사라지기 전에 다시 들이마셔야 했다. 그러나 공기가 입을 통해 들어오고 나가는 느낌뿐이었고, 나중에는 그 느낌조차 서서히 약해지고 있었다. 손가락 사이에서 잠시도 머물지 못한 채 영원히 빠져나가고 있었다.

영원히.

나는 무엇인가를 보았던 것으로 기억한다. 내 머리 위에서 소용돌이를 일으키는 짙은 안개 같은 것을, 나의 입을 씻어내던 거품 같은 것을, 나를 사라지게 만들었던 운무 같은 것을. 그것은 내가 마지막으로 본 어떤 것이었다.[23]

*

—후안 프레시아도, 지금 내게 숨이 막혀 죽었다고 우길 셈인가? 자네를 발견한 곳은 도니스의 집에서 한참 떨어져 있는 마을 광장이었네. 도니스가 내 옆에 있었는데, 자네가 이미 죽어가고 있었다는 거야. 우리는 광장 입구에 드리워진 그늘을 찾아 자네를 눕혔지. 마치 두려움에 떨며 죽어가는 사람처럼 사지가 축 처진 채 경련을 일으키더군. 생각해 보게, 자네 얘기처럼 그날 밤에 공기가 없었다면, 우리가 무슨 수로 죽은 자네를 데려갈 수 있었으며, 무슨 수로 죽은 자네를 땅속에 묻을 수 있었단 말인가.

—그렇군요. 그런데 아주머니 이름이 도로테오인가요?

—도로테오든 도로테아든, 그건 상관없네. 굳이 밝히자면 도로테아가 맞지만.

---

23) '그것은 내가 마지막으로 본 어떤 것이었다.' 화자인 후안 프레시아도의 마지막 순간을 묘사하는 문장이다. 후안 프레시아도의 죽음의 시점에 관해서는 두 가지 견해가 있다. 하나는 후안 프레시아도가 코말라에 도착했을 때 이미 죽어 있었다는, 다시 말해 코말라에 온 것은 '살아 있는' 사람이 아니라 영혼이라는 견해이며, 또 하나는 코말라에 와서 죽었다는 견해이다. 이 점에 대해 작가 룰포는 인터뷰에서 "코말라에 도착할 때는 살아 있었으나, 거기서 죽는 것이다."라고 말한 바 있다.

──도로테아 아주머니, 나를 죽인 것은 속삭임이었어요.

"너는 그곳에서 내가 원하던 것을 찾게 될 게다. 내가 그토록 그리워하던 고향에서. 나를 야위게 만들었던 꿈들이 있는 곳, 나무와 숲이 빽빽하게 늘어선 곳, 추억거리가 마치 성당의 헌금처럼 차곡차곡 쌓이는 곳……. 그곳에서 너는 느낄 것이다. 사람들이 영원히 살고 싶어 한다는 것을. 얘야, 그곳은 새벽, 아침, 낮, 저녁, 밤, 그 어느 때든, 그 어느 것이든 언제나 똑같지만, 딱 하나, 사물의 색깔을 바꿔놓는 공기는 다르단다. 그곳에는 마치 속삭이는 듯한 공기가 떠돌고 있어. 생명의 속삭임 같은……."

──어떤 속삭임들이 나를 죽인 겁니다. 그때만 해도 나는 다소나마 두려움에서 벗어나고 있었어요. 더 이상 견딜 수 없을 정도로 지독하게 따라붙던 두려움에서 말입니다. 그런데 느닷없이 어떤 속삭임들이 들려오면서 나는 그만 정신을 잃고 말았지요.

그래요, 아주머니 얘기처럼 나는 광장에 도착했어요. 그렇지민 내가 광장으로 간 이유는 사람들이 웅성거리는 소리를 듣는 순간, 사람들이 살고 있다고 생각했기 때문입니다. 나는 정신이 혼미한 상태에서 돌담에 기댄 채 두 다리가 아니라 두 팔로 땅을 짚고 기어가듯 걸었어요. 그런데 돌담 사이에서 무슨 소리가 들리더군요. 어떤 때는 돌과 돌 사이에서 새어 나오는 은밀한 속삭임 같고, 어떤 때는 사람들이 옥신각신 다투는 것 같은 소리인데, 도저히 알아들을 순 없었어요. 돌담에서 떨어져 나와 길 한복판으로 걸어도 마찬가지였어요. 앞에서 들리는가 하면 뒤에서 들리고, 뒤에서 들리는가 하면 옆에서 들리고. 게다가 아까도 말했지만 더운 게 아니라 오히려 추웠어요. 내가 추위를 느낀 것은 침대를 내준, 땀에 흥건히 젖어 있던 어떤 여자를 만난 순간부터였어요. 온몸에 소름이 돋기 시작하면서 오들오들 떨리더군요. 나는 그 여자 집으로 돌아가고 싶었어요. 그곳에는 따뜻한 열기가 남아 있을 것 같았거든요. 그렇지만 막상 내 발길은 사람들 소리가 들리는 광장으로 가고 있었어요. 사람들과 있다 보면 두려움을 잊고 추위도 가실 것 같은 생각이 들었거든요. 아마 두 분이 나를 발견한 것도 바로 그 순간이었겠지요. 그런데 도니스란 사람은 집으로 돌아갔을까요? 그 여자는 남자가 다시 돌아오지 않을 걸로 생각하더군요.

—자네를 발견했을 때는 이른 아침이었네. 나는 도니스가 어디서 오는 길이었는지 몰랐어. 물어보지도 않았으니까.

—그랬군요. 아무튼 나는 광장에 도착하자, 그때부터 현관이 줄지어 서 있는 길을 따라 걸었어요. 사람들은 보이지 않는데, 마치 장날에 사람들이 웅성거리는 듯한 소리는 계속 들려오더군요. 딱히 뭐라고 설명하기 힘든 소리였어요. 한밤중에 바람이 숲을 흔들어대는 소리가 들리는데, 눈을 씻고 둘러봐도 나무는 고사하고 나뭇가지 하나 보이지 않는 것처럼. 그런데 갑자기 몸이 말을 듣지 않았어요. 더 이상 한 걸음도 뗄수 없었고, 주위에서는 벌 떼가 윙윙거리는 것 같은 속삭임이 끊임없이 들려오고 있었어요. 그리고 그 와중에 이런 말을 들었던 것 같아요. "우리를 위해 하느님에게 맹세하라." 나는 그 말을 듣자마자 그 자리에서 얼어붙었어요. 바로 그 순간에 두

분은 죽은 나를 발견한 거군요.

　—자네는 고향을 떠나지 말았어야 했어. 그런데 이곳에는 무슨 일로 왔나?

　—처음에 말씀드리지 않았던가요? 제 생부인 페드로 파라모 씨, 그분을 찾아왔다고요. 결국 어떤 환영이 나를 이곳으로 데려온 것입니다.

　—환영이라고? 그건 비싼 거야. 난 주어진 것보다 더 힘든 삶을 살았지. 그런 삶을 내 아들을 만들겠다는 빚을 갚는 데 썼지만, 그건 아들이 아니라 또 다른 환영에 불과했어. 난 평생 어떤 아들도 갖지 못했으니까. 나는 모든 것을 죽은 뒤에 알았어. 나는 하느님이 주신 보금자리 하나 없었지만 오로지 자식을 갖겠다는 일념 하나로 구차한 인생을 살아왔던 거야. 사람들이 숨기지 않았을까, 저 뒤에 감추지 않았을까, 조바심을 감추지 못한 채 자식을 찾아 여기저기를 기웃거리는 슬픈 눈빛의 여자들처럼. 그런데 나를 그렇게 만든 게 무엇인지 아나? 그것은 바로 그놈의 꿈이었네. 물론 꿈에도 두 가지가 있어. 하나는 '축복받은' 꿈이고 다른 하나는 '저주받은' 꿈이지. '축복받은' 꿈은 나를 눈에 넣어도 아프지 않을 자식이 있다는 착각에 사로잡히게 만들었고, 쌔근쌔근 잠든 아이의 모습을 오래오래 지켜볼 수 있을 거라고 믿게 만들었어. 내가 숄로 어린애를 감싸고서 아이가 가고 싶은 곳은 어디든지 데리고 다녔던 것도 꿈 때문이었어. 나는 그 애를 잃어버릴 때까지 '축복받은' 꿈을 꾸고 있었던 거야. 하지만 그 꿈은 오래가지 못했지. 잃어버린 아이를 찾으러 하늘나라로 간 나는, 하나같

이 판에 박은 듯 닮은 아이들을 보면서 하늘이 내려준 모성은 어느 여자나 똑같다는 것을 알았고, 그때서야 꿈에는 '저주받은' 꿈도 있다는 사실을 깨달았지. 세상에, 어쩌면 천사들이 다들 그렇게 쌍둥이처럼 생겼을꼬. 그랬으니 어떻게 내 아이를 알아볼 수 있었겠나? 내가 어떻게 된 일이냐고 묻자, 한 성자가 말없이 가까이 다가와서 밀랍 속으로 손을 집어넣듯이 내 배 속으로 손을 밀어 넣더군. 그리고 호두 껍데기 같은 것을 꺼내더니, 그걸 가리키며 이렇게 말하는 거야. "너에게 이것을 보여주는 것으로 모든 것은 증명되었느니라."고.

저 위에서 하는 이야기가 얼마나 황당한지는 자네도 잘 알거야. 하지만 이해해야 돼. 나는 성자에게 허기와 공복에 시달리다 보니 복부가 쪼그라들 수밖에 없었다고 얘기하고 싶었어. 그런데 또 다른 성자가 나서더니 출구를 가리키며 "너는 지상에서 조금 더 쉬도록 하라. 아울러 연옥에서 오래 방황하지 않으려면 좋은 혼령이 되도록 힘쓰거라."고 하면서 내 어깨를 밀치더군.

결국 하늘이 내게 내린 것은 '저주받은' 꿈이었어. 나는 자식 한번 가져보지 못했으니까. 하지만 그것을 깨닫게 되었을 때는 모든 게 늦어 있었어. 나는 온몸에 주름살이 잡히고 머리칼이 희끗희끗한 데다 걷는 것조차 힘들었으니까. 한편 마을은 마을대로 텅 비고 말았지. 사람들은 하나둘씩 제 길을 찾아 마을을 떠나더니 영영 돌아오지 않았어. 사람들이 떠나면서 동정심도 함께 사라지더군. 그때부터 나는 죽는 날만 기다렸어. 그런데 자네를 만난 걸세. 나는 자네를 보는 순간, 이제 나를 필요로 하는 사람은 없다고 생각했지. 고단한 육신이 쉴 때가 된 거라고. 돌이켜 보면 나는 남에게 해를 끼친 적도, 땅 한 평 차지한 적도 없었어. 바로 이 순간도 그래. 나는 자네 무덤 속에 있고, 자네 양팔 사이에 끼어 있어. 그렇지만 나는 자네와 함께 있으면서도 서운한 마음이 없지는 않아. 자네를 안고 있는 게 아니라, 자네에게 안겨 있으니까. 가만, 이 소리가 들리나? 비가 오는 모양이구먼. 어때? 빗방울이 자네 몸 위로 떨어지는 것 같지 않아?

　—누가 우리 위로 걸어가는 것 같아요.

　—두려움 따위는 훌훌 털어버리게. 여기서는 아무도 자네를 건드리지 못해. 그러니 여기 묻혀 있는 동안은 좋은 일만 생각하게.

*

날이 새면서 비가 내렸다. 밭이랑 위로 후두둑 소리를 내며 떨어지는 굵은 빗방울에 뽀얗고 보드라운 흙먼지가 일고 있었다. 들판에는 아까부터 날갯짓에 지친 듯 떼를 쓰며 울어대던 들앵무새 한 마리가 창공을 비껴 나는가 싶더니, 나중에는 저 멀리 지평선이 보이는 곳에서 자지러지는 울음을 터뜨렸다.

밭이랑을 둘러보는 풀고르의 작은 눈은 기쁨에 차 있었다. 그는 흙냄새에 도취된 채 두 손 가득 움켜쥔 흙을 세 번이나 입에 갖다 대며 귀 끝까지 찢어지는 웃음을 흘렸다. "이것 봐!

내년에는 풍년이렷다. 어서 내려라, 비야. 아주 원 없이 쏟아지려무나. 여기도, 아니 저기도 실컷 뿌려야지. 비야, 너는 우리가 이 땅을 전부 일구기로 한 것을 잊어서는 안 되느니라."

저 멀리 동이 트는 곳에서 비가 내리기 시작하자 온 세상이 다시 깊은 어둠으로 잠겨 드는 것 같았다. 언제 돌아왔는지 들앵무새가 그의 눈앞을 스치듯 날더니 온 들판 위를 쏘다니며 목이 잠긴 울음을 토해 내고 있었다.

메디아 루나의 대문이 열렸다. 밤새 눅눅한 습기에 젖어 있던 거대한 문이 삐걱거리는 소리를 내며 활짝 열리자, 두 사람씩 짝을 지어 말에 올라탄 사람들이 밖으로 나오기 시작했다. 줄잡아 이백 명이 넘는 장정들이었다.

——엔메디오의 짐승들을 에스타구아 짐승들보다 더 멀리 보내도록. 그리고 에스타구아 짐승들은 빌마요 언덕으로 몰아넣도록 해!

풀고르 세다노는 그들에게 지시를 내리느라 정신이 없었다. ——비가 더 오기 전에 서둘러야 해!

그의 지시가 반복되면서 마지막 사람들은 똑같은 말을 듣고 있었다. "자네들은 여기서 저기까지, 자네들은 거기서부터 저 너머까지……." 그때마다 사람들은 알아들었다는 표시로 모자에 손을 갖다 댔다.

마지막 사람들이 대문을 벗어나는 순간, 미겔 파라모가 메디아 루나에 들어섰다. 그는 전속력으로 몰고 오던 말을 풀고르의 코앞에 들이대며 훌쩍 뛰어내렸다.

——어딜 갔다가 이 시간에 오는 게냐?

풀고르가 캐묻듯이 물었다.

─여자 집이요.

─누군데?

─당신이 그걸 알아서 뭘 하려고?

─틀림없이 '절뚝이' 도로테아 년이렷다. 이 근방에서 젖비린내 나는 어린애들을 좋아하는 계집은 그년뿐이니까.

─이봐요, 풀고르 씨. 당신은 글러먹었어. 하긴 그게 당신 탓만은 아니겠지.

미겔은 씩씩거리며 안장도 풀지 않고 식당으로 향했다. 식당에 들어서자 다미아나 시스네로스의 입에서 똑같은 질문이 이어졌다.

─미겔, 어딜 갔다 이제 오는 거야?

─여자 집에서 오는 것을 몰라서 물어요?

─화를 돋울 생각은 아니었으니까, 안 들은 걸로 해. 달걀은 어떻게 해줄까?

─좋으실 대로!

─나는 별 뜻 없이 물어본 말이었어, 미겔.

─알았으니 그만하세요. 그런데 도로테아라는 여자 알아요? 별명이 절뚝이라던데.

─그럼, 잘 알고말고. 그 여자를 보고 싶으면 나가봐. 지금 밖에 와 있으니까. 그 여자는 눈만 뜨면 밥을 얻어먹으러 왔다가, 밥을 먹고 나면 숄에 먹을 걸 싸 들고 가. 갓난애가 있다는 거야. 이 집 저 집 기웃거리며 동냥을 해서 먹고사는 걸 보면 무슨 사연이 있긴 있나 본데, 입을 열지 않으니 그 속을 누

가 알겠어.

—빌어먹을 노인네 같으니! 그 능구렁이 같은 영감의 눈깔이 확 뒤집히는 꼴을 꼭 보고 말겠어!

미겔은 가까스로 울분을 삭이며 그 여자를 구슬릴 수 있는 묘안을 떠올렸다. 그리고 뒷문을 통해 밖으로 나가 도로테아를 찾았다.

—나 좀 봐요. 할 얘기가 있으니까.

두 사람이 무슨 이야기를 했는지, 그것은 알 수 없었다.

—그 달걀, 이리 가져와요!

잠시 후 식당으로 돌아온 미겔이 손짓과 함께 큰 소리로 다미아나를 불렀다. —오늘부터 그 여자에게도 내가 먹는 아침처럼 차려줘요. 일이 많다고 핑계 댈 생각은 마요.

한편 풀고르 세다노는 들판에 나가 있었다. 그는 곳간 근처의 옥수수 밭을 둘러보면서 수확기가 늦어질지도 모른다고 생각했다. '쑥쑥 자라서 사람 키만큼은 되어야지.' 그러나 말이 그렇지 옥수수 씨를 뿌린 지 얼마 되지 않은 터라 그의 걱정은 공허한 바람에 지나지 않았다. "고얀 놈!" 그는 미겔을 떠올리며 마음속의 말을 토해 냈다. "제 아비를 빼다 박아도 그렇지, 이마에 피도 안 마른 놈이 벌써 그 모양이라니, 틀려먹었어. 그나저나 어제 사람들이 고소장을 가져온 이야기를 해줬어야 했는데 깜빡 잊고 말았어. 사람을 죽이고 다니니, 그런식으로 나가다간……."

풀고르는 한숨을 내뱉었다. 미겔의 일을 지우고자 자신의 지시를 받고 떠난 사람들을 떠올렸지만 헛수고였다. 그의 뇌리에 떠오른 것은 울타리에 몸을 비비대고 있던 미겔의 밤색 말이었다. '그놈은 안장도 내리지 않았어.' 잠시 그는 생각에 잠겼다. '하긴 그럴 놈이 못 돼. 그놈에 비하면 아비인 페드로 파라모는 점잖은 편이지. 적어도 차분한 구석이 있으니까. 그런데 문제는 그 아비가 자식 편을 든다는 거야. 어제는 자식의 비행을 일러주었지만 호통은 고사하고 얼토당토않은 핑계로 제 자식을 비호하지 않았던가. "풀고르 씨, 내가 그랬다고 생각하시오. 그 애는 그런 일을 저지를 나이도 못 되고, 사람을 해칠 만한 완력도 없는 새파란 어린애요. 그런 짓을 저지르려면 불알이 적어도 이만큼은 돼야 하지 않겠소?" 돈 페드로는 그의 눈앞에 애호박만 한 주먹을 들이대며 덧붙였다. "차라리 그놈을 자식으로 둔 이 아비를 탓하시오.'"

—돈 페드로, 미겔이 장차 파트론에게 심려를 끼치지 않을까, 그 점을 염려해서 드리는 말씀입니다. 아드님은 지금 폭력을 즐기고 있습니다.

—놔두시오. 아직은 어린애요. 올해 나이가 몇이더라? 이제 겨우 열일곱 살 아니던가.

—그렇긴 하지만, 요즘 들어 말썽을 피운 일이 한두 번이 아닙니다. 날이 갈수록 폭력적이 되어가는 데다 말을 어찌나 급하게 다루는지, 까닥하다간 큰일을 저지르고 말 것입니다.

—글쎄, 그놈은 아직 어린애라니까.

—어르신 말씀대로 별일이야 있겠습니까마는, 어제 왔던 아녀자는 미겔이 자기 남편을 죽였다고 목 놓아 울며 자지러지더군요. 그 일을 무마하는 조건으로 옥수수 오천 리터를 제

시켰는데, 싫다는 겁니다. 어떤 식으로든 그 일을 해결해 줄 것을 약속해서 돌려보내긴 했지만, 워낙 막무가내라서 걱정입니다.

─도대체 그 여자가 누구요?

─소인도 잘 모르는 사람입니다.

─그렇게 서두르는 이유를 알다가도 모르겠군. 풀고르 씨, 오늘부터 우리 마을에 그런 여자는 없소!

풀고르는 곳간에 들어서자마자 옥수수가 내뿜는 열기를 느꼈다. 그는 바구미가 먹지 않았을까 하는 조바심을 억제하며 양손으로 옥수수 알갱이를 움켜쥐었다. "굴복시키고 말리라." 그는 곳간에 쌓인 옥수수 양을 눈대중으로 재면서 중얼거렸다. "목초가 자라기만 하면, 옥수수를 달라고 애원하는 일은 더 이상 없으렷다. 두고 봐, 아주 차고 넘칠 테니까."

그는 메디아 루나로 돌아가기 전에 비구름이 잔뜩 몰려 있는 하늘을 쳐다보며 중얼거렸다. "한동안은 비가 쏟아지겠어." 그리고 당분간 다른 일은 잊기로 마음먹었다.

*

─바깥 날씨는 그야말로 변화무쌍하겠지요. 비가 내리면 온 세상이 청아한 빛과 싱싱한 새순 향기로 가득하다고, 어머니가 그러시더군요. 몰려드는 구름의 색깔이 어떻게 바뀌는지, 구름이 어떻게 비를 만들며, 그 비가 어떻게 대지에 떨어지는지……. 어머니는 어린 시절과 꽃 같은 청춘을 이 마을에

서 보냈지만 당신의 고향을 다시 찾지 못한 채 눈을 감으셨고, 나중에야 당신의 자식을 고향으로 보냈던 겁니다. 그런데 나는 무엇 때문에 하늘에 떠 있는 구름 한 조각도 못 보는 신세가 되고 말았을까요? 도로테아 아주머니, 하늘에는 우리 어머니가 말씀하셨던 그런 구름들이 떠 있을까요?

— 나는 모르는 일이야, 후안 프레시아도. 고개를 숙이고 산 지가 하도 오래되어 하늘이 어떻게 생겼는지조차 잊어버렸어. 설사 고개를 들었다고 해도 무슨 마음으로 쳐다봤겠나? 하늘이 너무 높기도 했지만, 숨을 쉬고 사는 것만으로도 만족해서 눈길조차 주지 않았어. 렌테리아 신부님이 그러시더군. 평생 영광이 무엇인지 모른 채 살게 될 거라고. 아예 생각조차 못할 거라고……. 모든 게 나의 죄업 탓이지. 하지만 죽을죄를 지었더라도 그런 말씀은 하지 말아야 했어. 산다는 것, 그 자체만으로 힘든 게 우리네 인생 아닌가. 두 발을 바지런히 놀리면서 사는 유일한 이유가 있다면, 죽어서 다른 세상으로 가게 될 거라는 희망이 있기 때문이지. 하지만 그 문마저 닫혀버리면 남는 것은 오로지 지옥뿐이니, 차라리 태어나지 말았어야 했어……. 여보게, 후안 프레시아도, 나에게 하늘이란 지금 내가 묻혀 있는 이곳일세.

— 아주머니의 영혼은 어디 있을까요?

— 여느 영혼들처럼 자신을 위해 기도해 주는 자들을 찾아 떠돌고 있겠지. 어쩌면 나는 내가 지은 죄 때문에 미움을 샀는지 모르지만, 어쨌거나 이제 그런 걱정 따위는 안중에도 없어. 뭔지도 모르는 양심의 가책을 찾다가 지칠 대로 지쳤거든.

나는 끼니도 거른 채 괴로워했지. 내게 쏟아지던 욕설과 저주를 송두리째 감수했던 기억 때문에 밤새 지독한 고통에 시달렸어. 그러면 됐지, 이제 뭘 더……. 죽는 날을 기다리며 주저앉아 있는데, 내 영혼이 간청하더구먼. 일어나라고, 질질 끌려 다닐망정 억척스럽게 살라고. 순간 나의 죄업을 씻어줄 수 있는 기적이 일어날 것 같기도 했지. 하지만 이미 삶을 포기했던 나는 "모든 것은 여기서 끝난 거야. 나는 더 이상 이런 삶을 끌고 갈 힘이 없어."라고 말한 뒤에 입을 열어주었지. 나의 영혼이 떠나는 순간, 나는 느꼈어. 심장에서 흘러나온 피가 손바닥에 떨어지는 것을.

*

문 두드리는 소리가 들렸지만, 페드로 파라모는 들은 척도 하지 않았다. 그는 문을 두드리는 자들이 누구인지 알고 있었다. 풀고르 일행이 돌아와서 잠자는 사람들을 깨우고 있었던 것이다. 거대한 대문 쪽에서 들려오던 발소리들이 잠시 끊겼다가 이어졌다. 그들이 다시 걸음을 옮기고 있었다.

사람들의 음성. 마치 무거운 짐을 나르는 듯한, 땅바닥을 질질 끄는 듯한 발소리.

흐트러지는 소리들.

그는 선친이 죽었던 날의 기억을 떠올리고 있었다. 방문이 열려 있었던 것만 다를 뿐, 그날도 오늘처럼 재를 뿌린 듯 우울한 빛을 드리운 새벽녘이었다. 한 여인이 방문에 기댄 채 이

내 티질 것 같은 울음을 억누르고 있었다. 그가 잊어버린, 이미 수없이 잊어버린 과거를 되살리게 만든 어머니였다. "네 아버지가 살해당했단다!" 그녀의 갈라진 음성이 억제된 흐느낌으로 이어지고 있었다.

다시는 되살리고 싶지 않은 기억이었다. 그날의 기억이 떠오르면 마치 자루에서 쏟아져 나온 알갱이를 다시 담고 싶은 것처럼 또 다른 기억들이 꼬리를 물고 이어지는 까닭이었다. 부친의 죽음은 또 다른 죽음을 몰고 오고, 피를 부르는 죽음은 희생자들의 몰골을 차마 눈뜨고 볼 수 없게 만들었다. 하나같이 피투성이에 형체를 알아볼 수 없는 얼굴, 짓이겨진 눈, 크게 부릅뜬 채 증오에 불타고 있는 눈빛……. 그들의 모습은 그의 뇌리에서 지우고 또 지운, 나중에는 더 이상 지울 수 없는 기억으로 남아 있었다.

──이곳에 눕혀라! 머리를 뒤쪽으로 놔야지. 그런데 뭘 그렇게 망설이는 거야?

사람들이 목소리를 낮춘 채 조심스럽게 움직이고 있었다.

──파트론은……?

──주무시는 중이니, 소리가 나지 않도록 각별히 주의해라.

그러나 페드로는 이미 그들을 지켜보고 있었다. 그의 눈길은 가죽 끈으로 돌돌 감아놓은 자루에 고정되어 있었다. 그 속에 담긴 물체가 마치 수의를 입혀놓은 주검처럼 보였다.

──누구냐?

그가 물었다.

──미겔 도련님입니다, 돈 페드로.

페드로 파라모

풀고르가 앞으로 나서며 대답했다.

—누가 그렇게 만들었지?

그는 내심 '살해당했다'는 대답을 기다리던 참이었다. 이미 피가 머리까지 거꾸로 솟구치고 가슴이 답답하게 죄어오고 있었다. 그러나 그의 귀에 들린 것은 풀고르의 차분한 대답이었다.

—누가 죽인 게 아니라, 죽었습니다.

석유 불이 타오르며 어둠을 밝히는 가운데, 풀고르가 애써 자신의 말에 살을 붙였다.

—……짐승이 죽은 겁니다.

자루가 벗겨지고 평평한 판자에 주검이 눕혀졌다. 그들은 망자의 두 손을 모아 가슴 위에 얹은 다음, 검은 천으로 얼굴을 가렸다. 시신을 쳐다보던 풀고르가 가만히 중얼거렸다. "생각보다 훨씬 크구먼."

페드로 파라모는 넋이 나간 사람처럼 무표정한 얼굴로 그들을 지켜보았다. 숱한 상념들이 그의 머릿속에서 어지럽게 흐트러지고 있었다.

—그동안에 진 빚을 갚기 시작한 거로군.

이윽고 그가 입을 열었다. —어차피 맞을 매라면, 한시라도 빨리 맞는 게 낫겠지.

그는 일말의 괴로움조차 느끼지 않았다.

시신이 수습되었다. 그가 마당에 모인 사람들에게 치사를 하는 동안에 여자들이 흐느끼고 있었지만 그는 제지하지 않았다.

—날이 밝는 대로 짐승을 처리하시오.

　　그는 미겔이 남긴 밤색 말 울음소리를 들으며 풀고르에게 지시했다. —불미스러운 일은 더 이상 없어야 할 거요.

　　—분부대로 하겠습니다, 돈 페드로. 아마 짐승도 자신의 운명을 감지하고 있을 겁니다.

　　—나 역시 그렇게 생각하오, 풀고르 씨. 그리고 가는 길에 아낙들에게 주둥이를 함부로 놀리지 못하도록 단단히 이르시오. 자기 자식이 죽어도 저렇게까지 서럽게 울어댈까.

*

　　무수한 세월이 흐른다 해도 렌테리아 신부는 딱딱한 침상이 깨워서 바깥으로 나갔던 날 밤을 잊지 못할 것이다. 미겔 파라모가 죽었던 그날 밤을.

　　코말라는 고요와 적막에 휩싸여 있었다. 신부는 쓰레기통을 뒤시던 개늘이 그의 발소리에 놀라 뒷걸음질치는 밤거리를 지나 강가로 나갔고, 밤새 별빛이 쏟아지는 강물을 바라보며 숱한 상념의 추를 내던졌다.

　　'모든 것은 하찮게 보이던 페드로 파라모가 성장하면서 시작되었어. 그자는 독초처럼 뿌리를 내린 거야. 고해실에서 들은 얘기만 해도 얼마나 많은가. "신부님, 어젯밤 저는 페드로 파라모와 동침했답니다." "신부님, 저는 페드로 파라모의 아이를 가졌습니다." "그 양반에게 제 딸자식을 바쳤답니다, 신부님." 나는 그자가 고해 성사를 받을 것으로 믿었지만 끝내 나타나지 않았고, 그자의 악행은 그 자식에게까지 뻗쳤어. 그가 인정한 아들에게, 오로지 하느님만 출생의 비밀을 알고 계시는 그의 아들에게. 그러나 나는 알고 있어. 그자에게 그런 빌미를 제공한 장본인이 바로 나 자신이라는 사실을.'

렌테리아 신부는 페드로 파라모에게 갓 태어난 핏덩이를 데리고 갔던 날을 생생하게 기억하고 있었다.

——돈 페드로, 생모는 출산 직후에 세상을 떴소. 듣자 하니, 이 아이의 생부가 바로 당신이라고 합디다.

——신부님이 받아주면 안 되겠소?

페드로 파라모는 안색조차 변하지 않고 되물었다. ——그 아이를 신부로 만들어주시지요.

——나는 마음속에 한이 담긴 사람에 대해 어떤 책임도 지고 싶지 않소.

——내가 앙심을 품고 있다는 말씀인가요?

——사실이 그렇소, 돈 페드로.

——그렇지 않다는 것을 보여드릴 테니 그 애를 여기 놔두시지요. 이곳에는 그 아이를 키울 사람이 넘쳐납니다.

——내가 바라던 바요. 당신과 함께 있으면, 적어도 끼니 걱정은 하지 않을 테니.

——다미아나, 이 핏덩이를 치우도록 해.

그의 눈에는 조그만 몸뚱이를 비틀어대는 어린애의 모습이 마치 독사 새끼처럼 보였다. ——내 아들이야.

잠시 후, 그는 술병을 열며 덧붙였다.

——죽은 어미와 신부님을 위해, 이 잔을 들이켜리다.

—저 아이는 빼놓고서?

—왜 아니겠소? 저 아이를 위해서!

두 사람은 새로 태어난 생명의 미래를 기원하며 함께 잔을 들었다.

그러나 렌테리아 신부의 회상은 메디아 루나로 향하는 수레 행렬 때문에 이어지지 못했다.

신부는 슬그머니 상체를 숙여 강둑으로 바짝 몸을 붙였다. '이렇게 숨어서 어쩌자는 거지?' 그는 잔뜩 웅크린 자세에서 자문했다.

—신부님! 안녕히 계십시오.

한 마부가 아는 체를 했다.

—잘 가시오!

신부는 몸을 일으키며 대답했다. —주님의 가호가 함께할 거요.

마을은 여전히 어둠과 정적에 잠겨 있는데, 강물은 제빛을 발하며 유유히 흐르고 있었다.

—신부님! 새벽종이 쳤습니까?

이번에는 다른 마부가 물었다.

—종을 친 지 한참은 지났소.

신부는 그렇게 대답한 뒤, 내심 마차 행렬이 멈추지 않길 고대하면서 반대 방향으로 걸음을 떼기 시작했다.

—신부님, 어딜 그렇게 바삐 가십니까?

—신부님, 임종을 앞둔 사람이 있나요?

—신부님, 콘틀라에서 누가 죽었나 보죠?

'내가 죽었소. 내가 죽었단 말이오.' 신부는 그렇게 대답하고 싶었지만, 마음과는 달리 미소를 지었다.

그는 마을을 벗어나자마자 콘틀라로 난 길을 향해 걸음을 재촉하기 시작했다.

렌테리아 신부는 코말라로 돌아왔다.

—삼촌, 어디 갔다 오시는 길이에요?

그가 성당의 관사로 들어서자마자 조카인 아나가 물었다. —여자들이 찾아왔는데, 다들 금요일 아침 첫 고해 성사를 받고 싶대요.

—밤에 오라고 해라.

그는 한꺼번에 밀려드는 피곤함을 느끼면서 복도에 있는 긴 의자에 풀썩 주저앉았다.

—애야, 바람이 정말 시원하구나!

—저는 더운걸요.

—나는 그렇지 않은데…….

그는 콘틀라에 갔던 일을 다시 떠올리고 싶지 않았다. 고해 성사를 통해 보다 많은 면죄부를 간곡히 요청했지만, 주임 사제는 거절했다.

—성당을 엉망으로 만든 사람의 이름을 밝히지 않는 것은 그자의 행위를 허락하는 것이나 다름없으니, 그런 당신에게 무엇을 기대하겠소? 신부님, 그동안 당신이 하느님의 힘으로 이뤄놓은 게 뭐요? 당신이 호인이고 그곳 주민들에게 존경을 받고 있다는 점은 인정하지만, 그것만이 능사는 아니오. 모름지기 성직자란 그런 자들 앞에서 보다 강직하고 엄격한 자

세를 견지해야 하는데, 그렇지 못한 당신 때문에 신앙을 미신이나 두려운 대상으로 여기지나 않을까 하는 우려가 앞선다는 뜻이오. 나는 당신이 성직자가 지킬 일을 제쳐둘 만큼 주민들을 위해 애쓰는 것과 성직자를 몰아내려는 가난한 마을에서 실천할 과제가 어렵다는 점도 알고 있소. 하지만 당신도 바로 그 점이 내가 당신에게, 우리의 신앙 봉사가 몇 사람에게 국한될 수 없다는 점을 강조할 수밖에 없는 근거임을 깨달아야 할 거요. 생각해 보시오. 당신은 당신보다 강한 소수의 손아귀에 붙잡혀서 성령까지 바뀔 판인데, 그런 당신이 그자들보다 더 강한 존재가 되기 위해 무엇을 할 수 있겠소? 그럴 수 없소, 신부님. 내 손은 당신에게 면죄부를 내릴 만큼 깨끗하지 못하오. 그러니 다른 곳에서 찾으시오.

  —주임 신부님, 저더러 고해 성사를 다른 곳에서 하라는 말씀입니까?

  —떠나시오. 당신 자신이 죄인인 마당에 어떻게 다른 사람들에게 봉사할 수 있단 말이오.

  —저를 정직시키겠다는 뜻인가요?

  —그럴 만한 사유는 되지만, 그렇게까지야 하겠소? 어떤 결정이 날 때까지 기다려야 할 거요.

  —주임 신부님, 설마 저를……. 당장 성유(聖油)가 필요한데 그렇게 되면……. 주임 신부님, 이 순간에도 마을 사람들이 죽어가고 있습니다.

  —죽는 사람들은 하느님의 심판에 맡기시오.

  —그렇다면, 내줄 수 없다는 말씀입니까?

부질없는 간청이었다. 콘틀라 교구의 주임 신부는 이미 거부의 뜻을 나타낸 뒤였다.

그들은 관사를 나와 철쭉꽃이 그늘을 드리우고 있는 낭하를 따라 걸었다. 그리고 정자 밑에 있는 벤치에 나란히 앉았다.

——이건 맛이 시지요.

주임 신부가 탐스럽게 열린 포도송이를 바라보며 입을 막 열려던 렌테리아 신부보다 먼저 말했다. ——우리는 하느님의 은총 아래 모든 게 탐스러운 열매를 맺는 대지에서 살고 있소. 하지만 그 맛이 신 것은 우리가 형벌을 받고 있다는 뜻이오.

——지당하신 말씀입니다, 주임 신부님. 저는 코말라에서 포도 씨를 뿌린 적이 있었는데, 나무가 자라도 열매를 맺지 못하더군요. 그렇게 정성을 들였건만 은매화와 오렌지만 자라고, 그마저도 신맛밖에 나지 않아 그 이후론 단맛을 잊어버렸지요. 주임 신부님, 신부님은 수도원에 있었던 중국 과야바[24] 맛을 기억하십니까? 어디 그뿐입니까. 손에 놓고 가만 쥐기만 해도 저절로 껍질이 벗겨지던 복숭아며 귤은 얼마나 달고 맛있었던가요. 저는 코말라로 가기 전에 그 씨들을 조금씩 준비했지요. 아주 조금씩, 기껏해야 한 봉지나 될까……. 그런데 나중에는 차라리 놔두고 오는 게 나았을 거라는 생각이 들더군요. 생각해 보면, 그것들을 죽이기 위해 가져왔던 겁니다.

——신부님, 코말라는 참 좋은 곳이라고들 하더군요. 한 사

---

24) guayaba de China. 주로 멕시코 남부와 남동부에서 생산되는 가장 대중적인 종이다.

람의 손아귀에 쥐어 있는 현실이 유감이지만 말이오. 그곳 소유주는 여전히 페드로 파라모라는 사람인가요?

—모든 게 하느님의 뜻입니다.

—나는 이런 경우까지 하느님의 뜻을 들이대는 것은 적절치 않다고 생각하오. 신부님도 그렇게 생각하지 않소?

—저도 가끔 회의감에 빠집니다만, 거기선 모두가 그렇게 알고 있습니다.

—그렇게 알고 있는 사람들 중에는 신부님도 포함된다, 그 말이오?

—저는 이미 비천해질 준비가 되어 있는, 아니 그럴 각오가 되어 있는 미천한 인간입니다.

두 사람은 작별 인사를 나누었다. 그는 주임 신부의 손등에 가볍게 입술을 갖다 댄 후에 그곳을 나왔다.

렌테리아 신부는 콘틀라에 갔던 일을 생각하다 말고 자리에서 벌떡 일어나 문을 향해 걸어갔다.

—삼촌, 어디 가세요?

조카 아나가 걱정스러운 눈빛으로 물었다. 그녀는 자신의 보호막이 되어주는 삼촌 곁을 한시도 떠나지 않았다.

—잠시 바람이나 좀 쐴 생각이다. 답답한 속이 확 트일지는 모르겠다만.

—어디 아프세요?

—아픈 게 아니라, 나쁘다. 나쁜 사람, 내가 바로 나쁜 사람 같구나.

렌테리아 신부는 메디아 루나를 향했다. 조의를 표하는 동안, 페드로 파라모는 사람들이 자기 아들에게 억울한 누명을 씌운 거라고 항의했다. 그러나 신부는 일고의 가치도 없는 변명을 듣고 있다가 식사 초대마저 거절하며 자리에서 일어났다.

—시간이 없소, 돈 페드로. 지금쯤 고해실 앞에는 수많은 아낙네들이 나를 기다리느라 줄 서 있을 거요. 다음에 봅시다.

신부는 날이 어두워지기 시작해서 먼지 투성이에 궁색기가 흐르는 성당으로 곧장 들어갔다. 고해실로 맨 먼저 들어선 사람은 아침마다 성당 문이 열리기를 기다리는 나이 많은 도로테아였다. 술 냄새가 확 풍겼다.

—이게 무슨 짓이오? 대체 얼마나 마셨기에 정신을 못 차리는 거요?

—신부님, 미겔 도련님의 상가에서 꼬박 밤을 새웠는데, 사람들이 자꾸 술을 권하니 어떡해요? 주는 대로 마실 수밖에요.

—이곳에는 볼일이 없을 텐데?

—신부님, 오늘은 다르답니다. 고백할 게 너무 많거든요.

사실 신부는 그녀에게 여러 차례에 걸쳐 똑같은 말을 되풀이했었다. "고해하지 마시오. 그래 봤자 시간만 빼앗기지 않던가요? 일부러 죄를 만들 작정인가 본데, 당신은 그런 짓을 할 사람이 못 되오. 그러니 기다리는 사람들을 생각해서 어서 나가주시오."

—신부님, 이번에는 진짜랍니다.

—얘기하시오.

—이제는 못된 짓을 저지를 수 없게 되었으니 다 말씀드

리지요. 사실 저는 그동안 미겔에게 여자들을 소개했답니다.

신부는 그녀의 고백을 듣는 순간 자신의 귀를 의심했지만, 마치 잠결에 깨어난 사람처럼 자신도 모르게 입을 열었다.

——언제부터였소?

——그 애가 홍역을 앓았을 때부터랍니다.

——가만, 방금 전에 했던 얘기를 다시 해보시오.

——죽은 미겔에게 계집애들을 붙여준 사람이 바로 저였다고요.

——당신이 직접 여자들을 데려다 주었소?

——그럴 때도 있고, 어떤 때는 귀띔만 해주고, 어떤 때는 부추기기도 했답니다. 신부님도 아시겠지만, 그 아이는 여자들이 혼자 있거나 방심하면 그 틈을 놓치지 않았어요.

——그런 여자들이 많았소?

사실 신부는 더 이상 물어보고 싶지 않았다. 그러나 자신도 모르게 시작된 질문은 꼬리를 물고 있었다.

——몇 명인지는 모르지만, 아주 많았답니다.

——도로테아 씨, 내가 어떻게 하면 좋겠소? 스스로 판단해서, 자신을 용서할 수 있으면 가보도록 하시오.

——그럴 수 없습니다, 신부님. 죄를 사하는 일은 신부님만 하실 수 있으니까요. 제가 여기 온 이유는 그것 때문이랍니다.

——당신이 하느님의 나라로 보내달라고 부탁한 것만 해도 헤아릴 수 없을 정도요. 당신은 자신이 낳았다는 자식을 만나러 하늘나라에 가야 한다고 했지요? 그렇다면 대답하리다. 이제 하늘나라에 갈 수 없소. 그러나 하느님은 당신을 용서하실

거요.

—고맙습니다, 신부님.

—나 역시 하느님의 이름으로 당신을 용서하겠소. 그만 가보도록 하시오.

—저에겐 왜 고행을 내리시지 않는 거죠?

—당신에게는 필요 없는 일이오.

—감사합니다, 신부님.

—하느님이 함께할 거요.

신부는 차례를 기다리고 있는 여자들을 부르기 위해 고해 성사실의 칸막이 창문을 손가락으로 두드렸다. 그러나 다른 고해자의 말을 듣는 동안, 자신의 상체를 똑바로 세울 수가 없었다. 갑자기 현기증이 일고 속이 메스꺼웠다. 마치 거센 물결 속으로 빨려 들어가는 듯한, 아침 햇살에 부서지는 입자에 휩싸인 듯한 기분과 함께 정신이 몽롱해지면서 혀끝에 끈적끈적한 피비린내가 느껴졌다. 동시에 고해자의 귀에는 신부의 입에서 반복되는 아멘 소리가 차츰 크게 들려오고 있었다. "영원히, 아멘! 영원히, 아멘! 영원히……."

—그만하시오.

신부는 거의 무의식 상태에서 고해자의 말을 중단시켰다. —고해 성사를 치른 지 며칠이나 되었소?

—이틀 되었습니다, 신부님.

다른 여자들의 고해 역시 다를 게 없었다. 똑같은 내용이었다. 신부는 작금의 모든 불행이 자신의 주위에서 맴돌고 있는 듯한 기분이 들었다. '내가 지금 무엇을 하고 있는 거지?' 그는

마음속으로 생각했다. '쉬어야 해. 나는 너무 지쳤어.'

신부는 몸을 일으키자마자 성기실로 향하면서 고개도 돌리지 않은 채 입을 열었다.

──스스로 죄가 없다고 생각하는 사람은 내일 성체를 받게 될 것이오.

그의 등 뒤로 사람들의 수군거림이 들려오고 있었다.

*

아주 오래전에 돌아가셨던 어머니의 침대 위에, 시트 위에, 어머니와 나를 감쌌던 바로 그 흑색 모포 밑에, 나는 누워 있다. 그 시절에 나는 어머니의 품에 안겨 잠이 들었다.

내 귀에는 어머니의 간헐적인 숨소리가 들리고 있다. 꿈결을 다독거리던 당신의 한숨 소리와 맥박 소리가……. 나는 느끼고 있다. 당신이 겪었던 죽음의 고통을…….

그러나 그것은 거짓이다.

나는 외로움을 잊고자 그 시절을 떠올리고 있지만, 어머니의 침대가 아니라 죽은 자들이 영원히 잠든 검은 관 속에 반듯이 누워 있기 때문이다. 나는 죽은 몸이다.

나는 느낀다. 내가 있고, 내가 생각하고 있는 곳을…….

나는 레몬이 익어가던 계절을 떠올리고 있다. 2월의 바람에 꺾인 저 산의 고사리 꽃대가 마르기 전, 오래된 정원을 그윽하게 채우던 레몬 향기를.

2월의 아침에 산에서 내려오던 바람을, 나는 기억한다. 구름이 산골짜기 밑으로 데려가 줄 때까지 푸른 하늘에 몰려 있는 동안, 아침 햇살 사이로 불어오던 바람을, 대지 위로 뽀얀 흙먼지를 일으키며 오렌지 나무를 심술궂게 흔들어대던 그 바람을.

그사이 참새들은 떨어지는 나뭇잎을 쪼면서 웃고 있었다. 나는 기억한다. 나비들을 쫓아 나뭇가지 사이를 넘나들던 참새들을.

2월의 아침은 푸른 하늘과 바람과 참새들의 웃음소리와 함께 열리고 있었다. 나는 기억한다. 그 2월의 어느 날, 어머니는 세상을 떠났다.

나는 당신의 죽음 앞에서 바락바락 악을 쓰며, 당신을 체념하고자 정신없이 움직여야 했다. 당신이 원하던 바였으니까. 그런데 그날 아침은 즐거웠던 것일까? 그날 아침에는 덩굴나무 이정표를 부수고 열린 문으로 들이닥치던 바람이 있었어. 그때 이미 나는 다 큰 처녀였지. 바람만 불어도, 참새들이 재잘거리는 소리만 들어도, 저 언덕에 나풀거리는 이삭 꽃만 쳐다봐도 가슴이 부풀어 올랐지. 고샅에는 보송보송한 털이 자라고, 오똑 솟은 젖꼭지를 만질 때마다 찌릿찌릿한 전율이 느껴졌지. 그러나 당신이 세상을 떠난 날, 나는 당신이 재스민 꽃잎 사이를 휘젓는 바람의 장난을 다시 볼 수 없다는 사실이, 저 밝은 세상을 놔두고 당신의 눈이 감겨야 한다는 현실이 못내 안타까웠어. 당신은 왜 눈물을 흘리려 했을까?

기억하니, 후스티나? 너는 사람들을 기다리며 의자를 정리하고 있었지. 그러나 어머니의 마지막 모습을 보러 온 문상객은 없었어. 텅 빈 집에는 너와 나, 그리고 타오르는 촛불에 둘러싸인 어머니의 주검뿐이었어. 백지장처럼 창백한 얼굴, 딱딱하게 굳어버린 입술 사이로 드러난 하얀 치아, 다시는 뜨이지 않는 속눈썹, 싸늘하게 식은 가슴……. 그 앞에서 너와 나는 밤을 새우며 기도했지. 우리 곁에는 어둠을 흔들고 가는 바람뿐, 아무도 없었어. 너는 다리미로 검은 수의를 정성껏 다렸고, 시신의 가슴 위에 교차되는 두 팔의 소매 끝과 구겨진 깃을 새것처럼 보이도록 풀을 먹이고 있었어. 그사이 나는 사랑스러운 어머니의 가슴에서 잠이 들었지. 그 가슴, 내게 젖을 주고 잠을 재워주던, 나지막이 귀엣말을 속삭여 주던 그 가슴에 파묻혀 나는 잠이 들었지.

아무도 오지 않았어. 차라리 그게 나았는지도 몰라. 죽음이란 사물이 하나인 것처럼 결코 나눌 수 없는 것이니까. 슬픔이란 어느 누구도 함께 찾아 나서는 게 아니니까.

빗장을 두드리는 소리가 들렸지. 나는 네게 말했어.

— 나가봐. 나는 사람들의 얼굴을 기억에서 지워버릴 거야. 그러니 돌아가라고 해. 장례 미사 치를 돈 때문에 왔다고? 어머니는 일전 한 푼 남기지 않았다고 전해. 미사를 드리지 않으면 구천을 떠돌 거라고? 후스티나, 우리에게 그런 심판을 내릴 수 있는 자가 누구라는 거지? 내가 미쳤다고? 그래, 나는 미쳤어.

내 곁에는 너, 그리고 네가 가지런히 정렬해 놓은 의자들만 썰렁하게 남아 있었어. 우리는 품을 얻어 겨우 입에 풀칠하며 사는 사람들의 손을 빌려 어머니의 시신을 묻으러 떠났지. 사람들은 새털처럼 가벼운 시신을 메고서 땀을 뻘뻘 흘렸고, 장지에 도착하자 천천히 관을 내린 뒤에 젖은 모래를 덮었지. 어느 틈엔가 달려든 바람이 그들의 땀을 씻어주고 있었어. 죽음 앞에서 냉담한 그 사람들이 말했지. "그거 참 되게 힘들구먼." 그러자 너는 마치 상주나 되는 것처럼 품삯을 치렀지. 손수건을, 눈물을 훔치느라 흥건하게 적셔져 있던 손수건을 풀어헤쳐 꼬깃꼬깃하게 구겨진 돈을 꺼내서……

사람들이 떠나고 우리 둘만 남게 되자, 너는 무덤 위에 무릎을 꿇고서 흙을 움켜쥐며 입을 맞추었지. 어쩌면 너는 무덤을 다 파헤쳐 버렸을지도 몰라. 내가 이런 말을 하지 않았으면. "후스티나, 이제 돌아가야 해. 어머니는 다른 세상에 계시잖아. 여기 남아 있는 것은 죽은 육신뿐이라니까."

*

—도로테아 아주머니, 방금 아주머니가 얘기하셨어요?

—뭘? 이런, 내가 깜박 잠이 들었나 보군. 그런데 자네는 아직도 깜짝깜짝 놀라나?

—그게 아니라, 누군가가 한참 동안 중얼대더군요. 여자 목소리였는데, 나는 아주머니가 얘기하는 줄 알았어요.

—여자 목소리라서 내가 그런 줄 알았다고? 가만, 혼자 중얼거렸으면, 바로 우리 옆, 큰 무덤에 누워 있는 도냐 수사나, 그 여자가 틀림없어. 그 여자는 오늘처럼 날씨가 찌푸리거나 습기가 찬 날이면 몸부림을 치거든.

——그분이 누군데요?

——페드로 파라모의 마지막 부인이었지. 그 여자가 미쳤다는 사람도 있고, 미치지 않았다는 사람도 있었지만, 그 여자가 살아 있을 때부터 혼자 중얼거린 것은 사실이야.

——죽은 지 오래됐어요?

——그럼, 무척 오래됐지. 그런데 무슨 얘기를 하던가?

——그분의 모친에 대한 이야기 같았어요.

——그 여자의 모친이라니…….

——분명히 그런 얘기였어요.

——……알다가도 모를 일이구먼. 그 여자가 여기 왔을 때 자기 어머니는 데려오지 않았는데……. 그렇지, 이제야 생각나는군. 그 여자는 여기서 태어나 오래전에 가족과 함께 마을을 떠났어. 그 여자 모친은 폐병을 앓다가 세상을 떠났는데, 평생 집 안에서 지내는 바람에 이상한 사람으로 소문났었지.

——그런 얘기도 하는 것 같았어요. 어머니가 돌아가셨는데 아무도 찾아오지 않았대요.

——무슨 얘기를 하는 거야? 잘 모르는가 본데, 그 시절에는 문상을 갈 수 없었어. 폐병이 옮을까 봐, 사람들은 그 여자 집 앞을 지나가는 것조차 꺼렸거든.

——그런 얘기도 하더군요.

——그 여자 목소리가 다시 들리거든 나를 깨우게. 나도 무슨 얘기를 하는지 듣고 싶으니까.

——이 소리 들리죠? 지금 뭐라고 하잖아요.

——아냐, 이건 그 여자 목소리가 아니야. 이 소리는 저쪽,

여기서 한참 떨어진 곳에서 들려오고 있어. 게다가 남자 목소리잖아. 자네도 알게 되겠지만, 오늘같이 우중충한 날이면 여기저기서 잠을 깬 사람들이 몸부림치는 경우가 많아. 날씨가 그들을 깨운 거지.

"하늘은 위대해. 그날 밤, 하느님은 다 지켜보셨던 거야. 그렇지 않았으면, 무슨 일이 일어났는지 누가 알겠어? 내가 다시 살아났을 때는 칠흑같이 어두운 밤이었는데……."

──아까보다 더 잘 들리죠?

──그렇구먼.

"……온몸이 성한 데가 없었어. 간신히 몸을 일으켜 보니 바닥에 있는 돌들이 피로 범벅이 되어 있더군. 내 손에서 묻은 피로. 나는 내가 죽지 않고 살아 있음을 확인하는 순간, 돈 페드로가 나를 죽이려 한 게 아니라 단지 겁을 주었다는 사실을 깨달았어. 그 양반이 두 달 전의 성 크리스토발[25] 축제 때 빌마요에서 있었던 결혼식에 참석했냐고[26] 물어봐서, 나는 '돈 페드로, 어느 결혼식을 말씀하는 겁니까?'라고 반문하고는 이렇게 대답했지. '아닙니다. 난 아닙니다. 돈 페드로, 나는 거기 있지 않았습니다. 혹시 그곳을 지나쳤는지는 몰라도, 설사 그랬더라도 그건 우연이었을 겁니다…….' 돈 페드로는 나를 죽일 생각이 없었던 거야. 보다시피 나를 절름발이에 외

---

25) San Cristóbal. 시리아에서 태어나 250년경에 순교한 성자. 그리스도의 전령으로 불린다. 성 크리스토발 축제는 7월 25일에 열린다.
26) 이 부분 역시 시간적 흐름이 모호하다. 페드로 파라모의 나이를 감안할 때, 두 달 전의 사건에 대해 보복을 가하기에는 무리가 따르기 때문이다.

팔이로 만들었지만 죽이지는 않았으니까. 그때부터 사람들은 내가 한쪽 눈을 찡그리게 되었고, 그 바람에 인상이 나빠졌다고 하더군. 하긴 그렇게 생각할 수도 있겠지만, 나는 그 일 이후에 보다 성숙한 인간이 되었어. 하늘이 위대하다는 사실을 깨달았으니까."

—누구죠?

—자네가 한번 가보게. 틀림없이 페드로 파라모에게 당한 사람일 테니까. 돌이켜 보면 모든 비극은 성 크리스토발 축제 때 치러진 결혼식에서 시작되었지. 그날 신랑 측 대부로 돈 루카스가 참석했는데 그만 죽고 만 거야. 사람들은 신랑에게 발사된 총알이 하필 곁에 있던 돈 루카스에게 맞아 그 자리에서 절명한 거라고 하는데, 페드로 파라모의 눈에는 자기 부친의 죽음 외에 보이는 게 없었어. 그때부터 페드로 파라모는 복수의 화신이 되어 결혼식에 참석했던 사람들을 찾아 닥치는 대로 죽이기 시작했지. 결혼식이 있었던 빌마요 언덕이 나무 한 그루 없이 쑥밭이 되어버린 것도 다 그런 연유였고……. 그런데 저 소리는 또 누구 목소리지? 아까 자네가 말했던 그 여자 목소리 같은데, 아직은 귀가 밝은 자네가 잘 들어보고 얘기 좀 해주게.

—무슨 이야기를 하는 게 아니라 마치 투덜거리는 것 같아요.

—투덜거리다니, 무슨 일로?

—내가 그걸 어떻게 알겠어요.

—필시 무슨 일이 있겠지. 아무 일도 없이 불평을 늘어놓

지는 않을 테니 잘 들어보게.

　—혹시 저 여자 분도 그 양반에게 마음의 상처를 입은 것은 아닐까요?

　—그럴 리가 있나. 페드로 파라모에게 어떤 여자도 그 여자만큼 사랑받지 못했어. 얼마나 사랑했으면, 마음의 병을 앓고 있던 미친 여자를 자기 집으로 데려왔겠나. 얼마나 상심했으면, 그 여자가 죽자 팔걸이의자에 걸터앉은 채 그 여자가 떠난 저승길을 바라보며 여생을 보냈겠나. 페드로 파라모의 상심은 거기서 끝나지 않았어. 삶의 의미를 잃은 나머지 자기 땅에서 사람들을 쫓아내고 곳간에 쌓인 곡식들까지 몽땅 태워버렸는데, 그 일을 두고 페드로 파라모가 심신이 지친 탓이라고 말하는 사람도 있고, 비로소 제정신을 차린 거라고 말하는 사람도 있더군.

　그 여자가 죽고 난 후에 땅이란 땅은 죄다 황무지로 변했지. 돌보지 않고 내버려 둔 땅을 바라보는 것처럼 안타깝고 고통스러운 일도 없더구먼. 마을에 불길한 소문이 떠돌기 시작한 것도 그 무렵이었지. 남자들은 저수지가 있는 곳을 찾아 하나 둘씩 떠나가기 시작했어. 나는 코말라가 온통 "잘 있어요!"라는 작별의 인사말로 넘쳐나던 날들을 잊을 수 없을 거야. 사람들이 서로 헤어지는 모습이 꼭 무슨 잔치를 치르는 것 같았어. 남자들은 다시 돌아온다며 처자식은 물론이고 세간까지 맡기고 떠났지. 어쩌다 처자식을 데려가는 남자들도 있었지만, 돌아오는 사람은 거의 없었어. 다들 처자식은 고사하고 고향마저 잊어버린 것 같았고, 나처럼 갈 곳이 없는 사람들은 페드로 파라모가 죽는 날만 기다렸어. 그 양반이 죽게 되면 재산을 나눠준다는 약속 때문에 간혹 돌아온 사람들도 없지 않았지만, 해가 바뀌고 또 바뀌어도 그 양반은 죽지 않고 팔걸이의자에 앉아 있었어. 마치 광활한 메디아 루나 앞에 버티고 서 있는 허수아비처럼.

크리스테로[27]들의 전쟁이 마을에 남아 있던 몇 명 안 되는 남자들마저 휩쓸고 간 것도 그 양반이 죽기 직전의 일이었지. 내가 굶어 죽게 된 것도 그때부터였고. 그 이후로 나는 뚜쟁이 노릇 한번 못했거든.

아까도 말했지만, 모든 것은 페드로 파라모의 정신적인 방황에서 나온 걸세. 수사나라는 여자, 바로 그 여자의 죽음이 불러온 비극이었던 거지. 이제 자네도 그 양반이 그 여자를 얼마나 사랑했는지 헤아릴 수 있겠구먼.

*

—파트론! 우리 마을에 누가 왔는지 알고 계십니까?
풀고르 세다노가 물었다.
—오다니, 누가 왔다는 거요?
—바르톨로메 산 후안이란 자입니다.

---

27) cristero. 1926년과 1929년 사이 멕시코 할리스코 주와 그 인접 지역에서 종교 전쟁이 발발하였다. 탈종교적인 국가 권력과 가톨릭 간의 대립이 무장 봉기를 야기한 것이다. '크리스테로'란 연방군에 대항한 사제들과 그들을 따르는 주민을 가리키는 말이다.

─그자가 어쨌다는 거요?

─제가 여쭙고 싶은 말입니다. 무슨 일로 여기 온 것입니까?

─그건 당신이 알아봐야 할 일이잖소?

─그래서 이렇게 말씀드리는 것입니다. 그자는 어르신이 살던 옛집으로 들어가더니, 거리낌 없이 짐을 풀어놓더군요. 파트론이 마치 그 집을 거저 내주기라도 한 것처럼 아주 당당하게 말입니다.

─그런데도 지켜보고만 있었던 게요? 풀고르 씨, 도대체 당신 하는 일이 뭐요?

─모든 게 제 불찰입니다. 말씀을 내리시면, 내일 당장 조처하겠습니다.

─내일 일은 내게 맡겨두시오. 내가 알아서 처리하겠다는 뜻이오. 그건 그렇고, 두 사람이 함께 왔던가요?

─그렇습니다. 그자와 부인, 그렇게 두 사람이었습니다. 그런데 그 사실은 어떻게 아셨습니까?

─부인이 아니라 딸 아니었소?

─제가 보기에는 부인 같았습니다.

─알았으니 돌아가서 잠이나 자도록 하시오.

─이만 물러가겠습니다.

*

'수사나, 당신이 돌아올 날을 기다렸소. 삼십 년 동안, 나는 모든 것을 갖게 되는 그 순간을 기다리고 있었소. 단순한 어떤 것이 아니라 구할 수 있는 모든 것을 구할 때까지, 그리하여 그 어떤 욕망도 끼어들지 못하도록, 오로지 당신을 향한 욕망 외엔 그 어떤 것도 머물지 못하도록……. 나는 당신을 찾았소. 당신 부친에게 여러 차례 사람을 보냈고, 당신을 데려오기 위해 마음에 없는 말까지 지어내야 했소.

나는 당신의 부친을 집사로 임명했지만, 전령이 가져오는 대답은 늘 한결같았소. "일언반구 대답이 없습니다. 돈 바르톨로메는 파트론의 서간을 보자마자 찢어버리더군요." 나는 전령의 입을 통해 당신이 결혼을 했으나 곧바로 홀몸이 되어 부친과 함께 살고 있다는 소식을 들었소.

전령은 다녀올 때마다 똑같은 말만 되풀이하더군.

"돈 페드로, 그분들을 만나지 못했습니다. 들리는 얘기로는 마스코타를 떠나 여기저기를 돌아다닌답니다."

그때마다 나 역시 이렇게 말했소.

"경비를 아끼지 말고 꼭 찾아내야 한다. 설마 하니 땅속으로 꺼졌겠느냐."

그러던 어느 날, 또 다른 전갈이 쥐어졌소.

"돈 페드로, 찾았습니다. 적당한 은신처를 찾아 산속까지 구석구석 뒤졌는데, 두 사람은 안드로메다의 폐광촌 근처 동굴 속에 지은 통나무 움막에서 살고 있었습니다."

당신을 찾았을 때는 그 일대에 심상찮은 이야기가 떠돌던 무렵이었소. 그리고 사람들이 무기를 들고 일어났다는 소문이 당신 부친의 마음을 움직였던 거요. 서신에 의하면, 당신 부친이 이곳에 오기로 결정한 것은 자신이 아니라 당신의 신변을 염려했던 까닭이었소.

　나는 답답한 하늘이 확 트이는 기분이었소. 당장 당신에게 달려가고 싶었고, 당신을 기쁘게 만들어주고 싶었소. 나는 울고 싶었소. 실컷 울었소. 수사나, 언젠가 당신이 돌아오리라는 것을, 나는 알고 있었소.'

*

　──불길한 기운이 감도는 곳이 있단다. 케케묵은 냄새가 나거나 가난으로 찌든 사람들의 모습이 보이는 곳인데, 수사나야, 여기가 바로 그렇단다.

　우리가 살던 곳은 이렇지 않았지. 구름과 새와 이끼를 바라보면서, 모든 사물들이 하나부터 열까지 새롭게 태어나고 만들어지는 것을 지켜보면서, 너는 얼마나 즐거워했느냐. 수사나야, 너도 기억하지? 그러나 이곳은 아니란다. 모든 게 썩어가고 시금털털한 냄새가 나는 것은 이곳에 불길한 기운이 감돌고 있기 때문이란다.

　그자는 사람을 보내 나더러 이곳으로 오라더구나. 그리고 자신이 살던 집과 필요한 것은 무엇이든 다 내주더구나. 하지만 우리가 그자에게 고마워해야 할 이유는 없단다. 직감하건대, 여기 사는 것만으로도 불행한 일이니 말이다.

　애야, 페드로 파라모란 자가 뭐라고 한 줄 아니? 나는 그자의 속셈을 빤히 들여다보고 있단다. 내게 일을 주면서 어떤 대가도 요구하지 않겠다고 했지만, 그자는 절대 그럴 위인이 아니란다. 더욱이 나는 그자에게 빚을 갚은 거나 다름없단다. 그자에게 안드로메다 광산에 대한 정보와 작업 방식까지 소상하게 일러주었으니까. 그런데 내가 광산 사업의 가능성을 진지하게 검토해 보라고 하자, 그자가 뭐라고 대답한 줄 아니? "광산 따위에는 관심 없소, 바르톨로메 산 후안 씨. 내가 당신에게 원하는 것은 당신 따님뿐이오. 그동안 당신이 잘한 일이 있다면, 그건 따님을 잘 보살폈다는 거요."

그자가 원한 것은 바로 너였다. 수사나야, 그자는 소꿉놀이 하던 얘기를 하더구나. 어릴 적에 너와 함께 강가에서 멱을 감았다는 거야. 하지만 나는 그것도 모르고 있었구나. 만약 그 사실을 알았더라면 네 목을 쳐서 죽이고 말았겠지.

— 틀림없이 그랬겠지요.

— 그랬을 거라니, 그게 정말 네가 한 말이냐?

— 예, 내가 말했어요.

— 그렇다면, 너는 그 사람과 잠자리를 함께하겠다는 거냐?

— 예, 바르톨로메 씨.

— 그자가 이미 결혼한 몸이고, 그걸로도 모자라서 수없이 많은 여자들을 거느리고 있다는 사실을 알고서 하는 말이냐?

— 그럼요, 바르톨로메 씨.

— 애야, 너는 나를 바르톨로메 씨라고 불러선 안 된단다. 나는 네 아비야!

파산한 광산업자 바르톨로메 산 후안이 생각하는 자기 자신과 자신의 딸인 수사나 산 후안의 앞날은 불 보듯 뻔했다.

'나는 죽기 위해 그곳으로 가는 거야.' 그는 그렇게 생각하며 다시 입을 열었다.

—나는 그자에게, 네가 비록 홀몸이 되었지만 평생 죽은 남편을 생각하며 살 거라고 말했다. 그래야 너를 단념할 테니까. 그자는 내 말을 듣는 동안 나를 노려보다가도 네 이름만 나오면 눈을 질끈 감더구나. 독기를 품은 인간, 그게 바로 내가 아는 페드로 파라모란다.

—나는 누구죠?

—너는 내 딸이다. 이 바르톨로메 산 후안의 자식이란 말이다.

수사나의 마음속에서 많은 생각들이 떠오르기 시작했다. 미처 정리되지 못한 생각들이 천천히, 그러다가 제멋대로 흐트러지고 있었다.

—아니에요, 아니라고요.

—이 세상은 도처에서 사람을 못살게 구는구나. 저 대지를 피로 적시듯 서로의 살점을 뜯어 발겨서 한 줌도 못 되는 먼지로 사라지게 하는 게 이 세상이란 말이다. 도대체 우리가 무슨 짓을 했지? 무슨 짓을 했기에 우리의 영혼이 썩었다는 말이냐? 네 어미는 신의 은총이 함께할 거라고 말했지만, 너는 그 은총마저 거부하고 있구나. 수사나야, 너는 왜 나를 네 아비로 보지 않는 게냐? 정말 네가 미쳤나 보구나.

—그것도 몰랐어요?

—네가 정말 미쳤단 말이냐?

—그래요, 바르톨로메 씨. 여태 그것도 몰랐어요?

*

　─풀고르 씨, 당신은 그 여자가 이 세상이 준 가장 아름다운 존재라는 것을 알고 있소? 한때 나는 그 여자를 영원히 잃었다고 생각했소. 하지만 이제 다시는 놓치지 않을 거요. 내 말을 이해했으면 당장 그 여자의 부친에게 가서 광산으로 떠나라고 하시오. 가만, 그쪽은 워낙 인적이 드문 곳이라던데……. 어떻소?

　─그럴 수도 있을 겁니다.

　─그렇게 되어야 해요. 그 여자는 혼자 있어야 하고, 혼자 사는 사람을 우리가 돌보는 일은 당연지사 아니겠소?

　─그다지 어려운 일은 아닌 것 같습니다.

　─그렇게 생각한다면 어서 서두르지 않고 뭘 꾸물대는 거요.

　─나중에 여자 분이 이 일을 알게 되지 않을까요?

　─감히 누가 발설을? 얘기해 보시오. 여긴 당신과 나, 이렇게 두 사람뿐인데, 누가 그런 말을 하겠소?

　─확신하건대, 그럴 사람은 없습니다.

　─내 면전에서 '확신이 어떻고' 하는 말 따위는 집어치우시오. 앞으로는 모든 일이 잘 풀릴 테니 당신은 내 말을 명심하고 일이나 잘 처리토록 하시오. 노인에게 안드로메다 일을 계속하게 하고, 따님은 우리가 잘 보살필 터이니 염려 말라고 얘기하시오. 풀고르 씨, 일터는 그곳이고 아무 때나 들를 수 있는 집이 여기라는 생각이 들도록 노인을 잘 구슬려야 할

거요.

　──이 일로 활력을 되찾을 어르신을 생각하니 그저 기쁠 따름입니다, 파트론.

*

　코말라의 들판에 비가 내리고 있다. 소나기가 확 쏟아지고 마는 곳에 종일 비가 이어지는 게 사뭇 기이하다. 일요일 아침, 아팡고의 인디오[28]들은 아침 일찍부터 마을로 내려와 있다. 그들이 펼쳐놓은 좌판에 올리브 열매로 만든 염주와 로즈메리와 사향초가 보인다. 오코테[29]와 떡갈나무 부스러기로 만든 점토를 가져오지 못한 것은 비에 흠뻑 젖은 탓이다. 그들은 광장의 아치형 입구 아래에 마른 풀잎을 깔아놓고 사람들을 기다리고 있다.

　비가 멈추지 않는다. 여기저기 물웅덩이가 생겨난다.

　들판에는 옥수수 밭 고랑 사이로 빗물이 도랑을 이루며 흐른다. 들판에 나간 사람들은 비를 맞으면서 바쁜 일손을 움직인다. 그들은 물이 불어난 들판을 몰려다니며 삽으로 물에 불

---

28) 아팡고(Apango)의 인디오. 이 부분은 작품 전체에서, 나아가 룰포의 모든 작품에서 인디오의 모습을 다룬 유일한 부분으로 의미가 깊다. 그의 작품에 등장하는 인물은 라틴 아메리카의 토착 원주민인 인디오가 아니라 메스티소(mestizo, 백인과 원주민 사이의 혼혈)나 크리오요(criollo, 라틴 아메리카에서 태어난 백인)이다. 이 점에 대해 룰포는 자신이 인디오의 정신 세계를 다룰 만한 작가로서의 심오함이 부족하기 때문이라고 말한 바 있다.
29) ocote. 수지가 많은 소나무 종으로, 음료(차)로 활용하기도 한다.

은 흙을 다지거나 여린 옥수숫대가 다치지 않도록 줄기를 붙잡아 매느라 정신이 없다. 다들 어린 식물들이 탈 없이 자라 주길 바라는 마음이다.

비를 바라보는 인디오들의 심사가 편치 않다. 그들은 재수 없는 날이라고 생각한다. 비에 젖은 밀짚 외투를 입은 채 오들오들 떨고 있는 것은 추위 때문이 아니라 비가 오는 밤길을 돌아가야 한다는 생각에 눈앞이 깜깜해지는 까닭이다. 그들은 여전히 그칠 줄 모르는 비와 머리 위에 머물고 있는 구름을 불안한 눈빛으로 쳐다본다.

아무도 오지 않는다. 조용하다. 설탕물과 수선용 실 한 가닥, 그리고 아톨레[30]를 걸러낼 때 쓰는 키를 가져다준 여자가 없었으면 숫제 텅 빈 마을처럼 보였을 것이다. 정오가 가까워질수록 물기 묻은 밀짚 외투에 전해지는 무게가 더해 간다. 그들은 옹기종기 모여 앉아 농담을 주고받다가 웃음을 터뜨리기도 하지만, 하나같이 아쉬운 마음이다. '풀케[31]'만 넉넉하게 가져왔어도 이렇지는 않았을 텐데, 용설란 속마저 물에 잠겼으니, 이제 뭘 할 수 있지?'

우산을 쓴 후스티나 디아스가 인도로 넘치는 도랑물을 피해 메디아 루나부터 쭉 뻗은 길을 걸어 나오고 있었다. 그녀가 성호를 그으면서 성당의 문을 지나 광장 입구로 들어서자, 인디오들의 시선이 그녀에게 쏠렸다. 무언가를 캐묻는 것 같은

---

30) atole. 옥수수로 만든, 오트밀 같은 음료.

31) pulque. 용설란(maguey, agave)으로 빚은 술.

눈빛이었다. 후스티나는 첫 번째 좌판으로 다가가서 로즈메리를 집어 들었다. 10센타보였다.

"이런 날씨엔 모든 게 비싸다니까." 메디아 루나로 돌아가던 그녀가 혼잣말로 중얼거렸다. "이까짓 게 한 가닥에 10센타보라니, 말도 안 돼. 그나저나 향기가 나려면 이걸로는 부족할 텐데."

날이 어둑해지자 인디오들은 펼쳐놓은 좌판을 거두었다. 그들은 성당으로 들어가서 헌금 대신 백리향 한 다발을 내려놓고는 성모 마리아에게 기도를 한 뒤에 밖으로 나왔다. "이렇게 가다 보면 내일이나 도착하겠군." 아팡고를 향해 걸어가는 그들 틈에서 많은 이야기들이 쏟아지고, 간간이 터져 나오는 웃음소리가 허공에 흩어지고 있었다.

수사나의 침실로 들어선 후스티나는 선반 위에 로즈메리를 올려놓았다. 커튼이 쳐진 침실은 늘 그렇듯 깜깜했고, 수사나는 잠이 든 것 같았다. 그런데 수사나가 지금처럼 항상 잠들어 있으면 좋겠다고 생각하는 순간, 어디선가 기이한 소리가 들렸다. 마치 어두운 침실 구석에서 조심스럽게 새어 나오는 듯한 소리였다.

—후스티나!

누군가가 그녀의 이름을 불렀다.

후스티나는 고개를 돌렸다. 아무도 없었다. 그러나 누군가 그녀의 어깨 위에 손을 얹더니 귀에 대고 나지막이 속삭였다. "후스티나, 여기서 당장 나가거라. 이제 너는 필요 없으니, 짐을 챙겨 떠나란 말이다."

——안 돼요.

그녀는 상체를 꼿꼿이 세우며 대답했다. ——이분은 환자라서 제가 돌봐드려야 한답니다.

——그럴 필요 없다. 내가 돌볼 테니까.

——돈 바르톨로메이신가요?

그러나 그녀는 대답을 기다리지 못하고 비명을 내질렀다. 그 소리가 얼마나 컸던지 마침 들판에서 일을 마치고 돌아오던 사람들이 말했다. "사람의 비명소리 같긴 한데 전혀 사람 소리 같지 않으니, 이게 무슨 변고란 말인가."

비가 모든 소리를 빨아들이고 있다. 누군가의 귀에는 빗방울 소리가 우박 떨어지는 소리처럼, 생명의 끈을 잇는 소리처럼 들린다.

——왜 그래, 후스티나? 무슨 일로 악을 쓰는 거야?

수사나가 물었다.

——악을 썼다고요? 꿈을 꾸셨나 보군요.

——난 꿈을 꾸지 않는다고 말했잖아. 그것만 봐도 네가 나를 얼마나 무시하는지 알 수 있어. 어젯밤만 해도 그래. 고양이를 쫓아내지 않아서 한숨도 못 잤어.

——고양이는 어젯밤에 나와 함께 잤어요. 내 다리 사이에서요. 비에 흠뻑 젖은 게 가여워서 제 침대로 들여놓긴 했지만, 시끄럽게 굴진 않았어요.

——그래, 소리는 내지 않았지. 하지만 내 몸 위를 뛰어다녔어. 배가 고파서 그랬는지 자꾸 보챘다니까.

——챙겨준 먹이는 잘 먹었고, 밤사이에 제 곁을 한시도 떠

나지 않았어요. 부인은 이번에도 요상한 꿈을 꾸었군요.

　──고양이가 뛰노는 바람에 한숨도 못 잤다니까. 나도 고양이가 귀엽지만, 잘 때는 싫어.

　──부인은 환영을 보고 있는 거예요. 지금도 그렇잖아요? 좋아요, 자꾸 그러시면 파트론에게 더 이상은 견딜 수 없으니 떠나겠다고 말씀드리겠어요. 나에게 일자리를 줄 사람은 많고, 그 사람들은 부인처럼 거짓말하지 않아요. 내일 제가 고양이를 데리고 떠나면 후련하실 거예요.

　──떠나면 안 돼. 천벌을 받을 거야. 나만큼 너를 좋아하는 사람은 없어.

　──그래요, 수사나. 나는 안 가요. 내가 왜 여기 있는지 부인도 잘 알잖아요. 설사 버림을 받더라도 끝까지 여기 남아 당신을 보살필 거예요.

　수사나는 후스티나에게 각별한 존재였다. 갓 태어난 수사나를 품에 안아 어르고 아장아장 걸음마를 시키던 일이며, 어린애의 사탕 같은 눈이 변해 가는 모습을 지켜본 게 엊그제 일처럼 느껴졌다. "박하사탕은 파란 색. 노랗고 파란 색. 푸르고 파란 색. 박하 향과 박하 풀을 섞어 만든 사탕." 그녀는 어린애의 다리를 깨물거나 아직 아무것도 아닌, 노리개 같은 가슴을 꼬집으며 놀아주었다. "어머, 이건 장난감 젖꼭지잖아." 살짝만 움켜쥐어도 금방 으깨질 것 같았다.

　바깥으로부터 빗방울이 바나나 나무 잎사귀에 떨어지는 소리가 들려오고 있었다. 그 소리가 마치 땅에 고인 물이 부글부글 끓고 있는 것 같았다.

시트는 차갑고 축축했다. 배수관은 밤낮 없이 흘려내린 빗물에 지친 듯 부글부글 끓으며 거품을 내뿜었다. 빗물은 끊임없이 거품을 일으키며 흘러내리고 있었다.

*

세상의 모든 소리가 물소리에 잠긴 한밤중이었다.

수사나는 천천히 몸을 일으킨 뒤에 가만히 침대에서 내려왔다. 아까부터 어둠 속에서 누군가가 자신의 주위를 서성거리고 있는 것 같았다.

──바르톨로메 씨, 당신인가요?

그녀는 얼굴을 알아보려 애를 쓰며 물었다.

순간 문이 삐걱거리는 소리가 들리며 누군가가 침실을 빠져나가는 것 같았다. 그녀는 그 소리에 귀를 기울였다. 그러나 귀에 들리는 것은 여전히 바나나 나무 이파리 위를 구르는 듯한, 마치 부글부글 끓고 있는 듯한 빗방울 소리뿐이었다.

수사나는 다시 잠이 들었다. 그녀가 다시 눈을 떴을 때는 붉은 벽돌 위로 물기가 반짝이는 회색빛 아침이었다.

──후스티나!

──무슨 일이세요?

후스티나는 모포를 두른 채 마치 곁에 있었다는 듯이 곧바로 나타났다.

──고양이, 그 고양이가 또 왔어.

──아, 가엾은 분.

후스티나가 수사나의 가슴에 안기며 울음을 터뜨렸다

—왜 우는 거야?

수사나는 그녀의 머리를 들어올리며 물었다. —나는 오늘 돈 페드로에게 네가 나를 잘 보살펴 준다고 말할 생각이었어. 고양이가 나를 깜짝깜짝 놀라게 만든 일은 일러바치지 않을 테니 걱정하지 마.

—수사나, 아버님께서 돌아가셨어요. 어젯밤에 급작스럽게 쓰러지시는 바람에 미처 손을 쓰지 못했고, 너무 먼 곳이라서 시신을 모셔올 엄두조차 못 냈답니다. 수사나, 어쩌면 좋아요. 이렇게 홀로 남으셨으니…….

—그랬구나.

수사나는 웃고 있었다. —그 사람은 지난밤에 작별 인사를 하러 왔던 거야.

*

수사나는 어린 시절의 일을 떠올리고 있었다.

—애야, 어서 내려가거라.

그녀의 아버지가 말했다. —내 말 명심하고.

어린 소녀는 갱목 사이로 난 구멍을 통해 땅속으로 내려가기 시작했다. 밧줄에 허리가 묶여 사지가 저리고 밧줄을 붙잡은 손바닥에 피가 맺혔지만, 바깥세상과 연결된 생명의 끈을 놓칠 수 없었다.

—아빠, 아무것도 안 보여요!

——잘 봐라! 손에 잡히는 게 있으면, 손전등으로 비춰 보라니까!

——아빠, 아무것도 없어요!

——줄을 조금 더 내려줄 테니 땅에 닿거든 소리쳐야 해! 알았지?

썩은 나무판자와 끈적끈적한 흙을 밟으면서 동굴 밑으로 내려가는 동안에도 아버지의 외침이 계속되고 있었다.

——뭐가 보이면 보인다고 말을 해!

그러나 소녀는 한참 동안 대답이 없었다. 발을 내딛을 만한 곳에 이르렀지만 두려움에 사로잡힌 채 입술을 뗄 수 없었다. 그사이 손전등은 동굴 속을 비추고 있었다.

——얘야, 거기 뭐가 있니?

어린 소녀는 불빛에 드러나는 물체를 보는 순간 소스라치게 놀랐다.

——해골! 아빠, 해골이에요!

——됐다. 지금부터 눈에 보이는 건 전부 다 위로 올려 보내도록 해라!

소녀는 떨리는 손으로 뼈만 앙상하게 남은 시신을 더듬었다. 손이 닿을 때마다 유골의 뼈마디가 설탕 가루처럼 부스러졌다. 그녀는 손에 잡히는 대로 긁어모아 위로 올려 보냈는데, 그중에는 동그란 물체도 있었다.

——얘야, 이런 것 말고도 금으로 만든 동전이 있을 테니 더 찾아봐라!

어린 소녀는 나중에 얼음처럼 차가운 아버지의 눈을 보고

서야 그 동그란 물체가 무엇인지 알게 되었다.

수사나는 웃고 있었다.

— 바로 당신이었군요, 바르톨로메 씨.

수사나의 품에 안겨 울고 있던 후스티나가 갑작스러운 웃음소리에 놀라 고개를 들었다. 수사나가 웃고 있었다. 그 웃음은 자지러지는 웃음소리로 바뀌고 있었다.

비가 내리고 있었다. 아팡고의 인디오들이 떠나고 난 뒤의 월요일에도 코말라의 들판에는 여전히 비가 내리고 있었다.

*

바람이 불고 있었다. 며칠을 두고 내린 비가 그쳤지만 바람은 멈추지 않았다. 들판에는 여린 옥수수 이파리들이 바람을 피해 바싹 몸을 숙인 채 엎드려 있었다. 밤이 되자 덩굴나무와 지붕을 뜯어낼 기세로 달려들던 바람이 격노한 짐승의 울음소리를 내기 시작하면서 하늘에 드리워진 먹장구름을 밀어내고 있었다.

바람이 창문을 세차게 때린다. 수사나는 팔베개를 한 채 요란한 바람이 휘젓고 있는 밤의 소리를 들으며 생각에 잠겨 있다. 잠시 후, 바람이 잠잠해진다.

누군가가 침실 문을 여는 순간, 동시에 들이닥친 한 줄기 바람에 촛불이 꺼졌다. 수사나는 침실이 어두워지자 생각을 거둔다. 그녀의 귓전에 나지막한 속삭임들이 들린다. 그녀는 자신의 심장이 불규칙하게 뛰는 소리를 듣고 있다. 그녀의 눈꺼풀 위로 밝은 빛이 느껴진다.

수사나는 눈을 뜨지 않는다. 헝클어진 머리카락이 그녀의 얼굴을 어지럽게 뒤덮고 있다. 그녀의 입술에 맺힌 땀방울이 빛에 드러난다.

—아버지?

—그렇소, 나는 당신의 아버지요.

그녀는 가만히 눈을 뜬다. 천장 위로 그림자가 드리워져 있다. 그 그림자가 마치 자신의 이마와 머리카락에 겹쳐져 있는 듯한 형상이다. 그녀의 속눈썹 사이로 어떤 형체가 투영되는데, 그 윤곽이 흐릿하다. 빛이 분산되고 있다. 그녀의 가슴 부위에서 불빛이 깜박거린다. 흡사 조그만 심장이 뛰고 있는 것 같다. '당신의 심장이 멎고 있어요.' 그녀는 생각한다. '나는 알고 있었어요. 플로렌시오가 죽었다는 말을 전해 주러 오리라는 것을. 당신은 다른 사람들 때문에 괴로워하면 안 돼요. 나 때문에 슬퍼해서도 안 돼요. 나는 그 고통을 혼자 간직할 수 있는 곳에 남겨두었어요. 당신의 심장이 멈춰선 안 돼요.'

수사나는 몸을 일으켰다. 그리고 온몸을 질질 끌고서 렌테리아 신부에게 다가가더니 갑자기 두 손으로 촛불을 감싸며 말했다.

—나의 비탄이 당신에게는 위안이 될 거예요!

그녀를 지켜보던 렌테리아 신부는 그녀가 촛불에 얼굴을 들이대는 것과 동시에 살갗 타는 냄새가 나자 다급하게 촛불을 껐다.

수사나는 침실이 어두워지자 재빨리 모포 속으로 몸을 숨졌다.

—나는 당신을 평온하게 해주러 왔소.

신부가 말했다.

—그렇다면, 잘 가세요, 아버지. 이제 당신은 필요 없으니 다시는 돌아오지 마세요.

그녀는 차츰 멀어지는 발소리를 듣고 있었다. 그 소리는 그녀에게 항상 냉혹함과 두려움을 안겨주던 발소리였다.

—무슨 일로 왔어요? 당신은 이미 죽었잖아요![32]

렌테리아 신부는 침실을 나와 밖으로 나갔다.

바람이 여전히 밤을 휘젓고 있었다.

*

'말더듬이'라고 불리는 사내가 메디아 루나에 들어서자마자 다짜고짜 페드로 파라모를 찾았다.

—무슨 일이오?

—그, 그분과 지, 직접 얘, 얘기해야만 합니다.

—지금 안 계시오.

—그, 그렇다면, 그, 그분을 찾아서 푸, 풀고르 씨가 보내서 왔다고 저, 전해 주시오.

—당장 찾아보긴 하겠지만, 얼마나 기다려야 할지는 장담

---

32) 이 장에서 수사나는 렌테리아 신부가 아니라 아버지 바르톨로메와 대화를 하는 것으로 착각하고 있다. 수사나가 두 사람을 동일시하는 것은 육체와 정신적 압박에 대한 거부를 상정한다.

할 수 없소.

—어, 얼마든지 기다릴 테니, 아, 아주 그, 급한 일이라고 저, 전하시오.

'말더듬이'라고 불리는 사내는 페드로 파라모가 나타날 때까지 말에서 내리지 않았다.

—무슨 일이냐?

잠시 후 나타난 페드로 파라모는 얼굴 한번 본 적이 없는 사내에게 물었다.

—저는 파, 파트론과 지, 직접 얘기해야 합니다.

—내가 바로 네가 찾고 있는 사람이니 어서 얘기해라.

—푸, 풀고르 씨가 사, 살해당했다는 사실을 알려드리려고 이, 이렇게 달려온 것입니다. 전 그분과 하, 함께 무, 물이 부족한 까닭을 조, 조사하려고 저수지로 갔는데, 웬 나, 남자들이 느, 느닷없이 나타나선 우, 우리 앞을 가로막더니, 그중에 한 사내가 도, 돈 풀고르를 가리키며 "저자가 바로 메, 메디아 루나의 지, 집사라는 자요."라고 마, 말했습니다.

그 사람들은 저를 거, 거들떠보지도 않았습니다. 그 사람들은 도, 돈 풀고르에게 자신들이 혀, 혁명군이라면서 지, 짐승을 풀어주라고 지시한 뒤에 "어서 달려가, 당신의 파트론을 만날 일이 있다고 전하시오!"라고 며, 명령하더군요. 그런데 도, 돈 풀고르가 잔뜩 겁을 머, 먹고서 다급하게 도망치다가 모, 몸이 무거웠던지 며, 몇 발짝도 못 간 채 뒤따르는 그자들에게 잡혀서 그만 주, 죽임을 당하고 말았습니다.

저는 그자들이 사, 사라진 뒤에도 그곳에서 하, 한 발짝도 떼지 모, 못한 채 어두워지길 기, 기다렸다가, 이제 막 어, 어르신에게 다, 달려온 것입니다.

──그렇다면 뭘 꾸물거리고 있는 게냐! 당장 그자들에게 달려가 내가 기다린다고 전하지 않고! 하지만 그전에 콘사그라시온에 들러야 하느니라. 가만, 너는 '흑사(黑蛇)'를 알고 있느냐? 틀림없이 거기 있을 테니, 그를 만나거든 내가 급히 찾는다고 얘기해라. 서둘러야 한다. 그런데 그자들은 어느 쪽이더냐?

──전 아, 아무것도 모, 모릅니다. 다만 그, 그자들이 혀, 혁명군이라는 것밖에는…….

──'흑사'에게 전갈을 받는 즉시 달려오라는 말을 잊지 마라!

──그, 그렇게 하겠습니다, 파, 파트론!

페드로 파라모는 자신의 거처로 돌아갔다. 노쇠한 느낌이 들고 만사가 귀찮았다. 풀고르의 신변 따위는 안중에도 없었다. 모든 게 '모 아니면 도'였다. 그는 풀고르에게 내줄 것은 다 내주었다고 생각했다. 풀고르가 모든 일에 헌신적이었던 것은 사실이지만, 달리 생각해 보면 누구나 할 수 있는 일이기도 했다. '될 대로 되라지. 그 미친놈들이 들이닥치면 흑사의 패거리까지 몽땅 쓸어가리라.'

페드로 파라모는 자신의 침실에 틀어박혀 지냈다. 그즈음은 잠이 들었든 잠결이든 수사나 생각뿐이었고, 지난밤에도 수사나의 침실을 찾았다. 그는 촛불이 희미하게 타오르는 수사나의 침실 벽에 비치는, 얼굴이 땀으로 뒤범벅된 그녀가 모포 자락을 끌어당기고 베갯잇을 쥐어뜯는 모습을 지켜보고 있었다.

수사나를 다시 만난 뒤의 밤은 과거의 밤과 달랐다. 그녀를 지켜보면서 고통스럽고 불안한 밤을 지새우는 게 일과가 되어가고 있었다. 그때마다 그는 자문했다. 그녀의 몸부림이 언제 끝나게 될지를.

그는 더 이상 지속될 수 없는 순간을, 사라지지 않는 기억이 존재하지 않는 그 순간을 기다렸다.

그는 그녀의 내면을 괴롭히는 게 무엇인지, 그녀가 마치 자신이 아무것도 아닐 때까지 스스로를 찢어발기고 말겠다는 듯 불면의 밤을 뒤척이는 이유가 무엇인지, 그것만이라도 알았으면 했다.

페드로 파라모는 그녀를 알고 있다고 믿었다. 적어도 이 세상에서 자신에 의해 그녀가 누구보다 끔찍하게 사랑받는 여자임을 아는 것만으로 충분하다고 믿었다. 그는 자신이 그녀의 과거의 모든 기억들을 지울 수 있는, 그녀의 마지막을 지키는 당사자일 수밖에 없다고 생각했다.

수사나 산 후안의 세계는 과연 무엇이었을까? 그것은 페드로 파라모가 영원히 풀지 못한 숙제였다.

*

"나는 온몸으로 바닷모래의 열기를 느끼고 있었지. 부드러운 해풍 앞에서 나는 무릎을 꿇고 양팔을 벌린 채 눈을 감았

어. 저 멀리 펼쳐진 바다, 그 바다에서 밀려드는 파도가 내 발
밑으로 거품을 일으키는데……."

　—그 여자구먼. 후안 프레시아도, 그 여자 말을 잘 들어두
었다가 나중에 얘기해 주게.

"……이른 시간이었어. 바다가 밀려나면서, 물거품을 남긴
채 저만치 밀려나면서 깨끗하고 푸른 물결이 잠잠해지고 있
었지.

'바다에서는 알몸으로 헤엄치는 거예요.' 내가 그렇게 말하
자 그 사람도 푸르스름한 빛을 띤 알몸으로 나를 따랐지. 갈
매기는 없었어. 그 대신 목이 쉰 듯한 소리로 울다가 해가 뜨
면 사라지는, '뚜깐'이라는 새들뿐이었지. 나를 따라나선 첫날,
그 사람은 내가 곁에 있었지만 무척이나 외로워했지.

'당신은 마치 뚜깐 같아.' 그 사람이 나에게 말했어. '또 한
마리의 뚜깐이야. 당신은 밤의 어둠 속에서, 침실의 모포 속에
서 나와 함께 있는 것을 좋아하잖아.'

하지만 그 사람은 떠나버렸지.

나는 다시 돌아왔어. 늘 다시 돌아오던 그 바다로. 바다가
밀려나고 있어. 내 발목을 적시던 바다가 저만치 밀려나고 있
어. 나의 무릎과 나의 허벅지를 적시던 바다가, 보드라운 두
팔로 나의 허리를 안고 가슴을 어루만지던 바다가, 어깨까지
차오르며 목을 휘감던 그 바다가 멀리 밀려나고 있어. 나는 그
사람의 품속에 안겨 있어. 영원히. 나는 격렬한 소용돌이에 휩
싸인 채, 온몸을 내맡긴 채 격랑의 물결 위를 떠다니고 있어.

나는 그 사람에게 말했지. '바다로 나가고 싶어요.'

그러나 그 사람은 내 말을 이해하지 못했지.

나는 다음 날에도 바다에 있었어. 그 물결에 온몸을 내맡긴 채."

*

노을이 붉게 물들 무렵, 그들이 나타났다. 스무 명쯤 되는 사내들은 탄띠와 장총으로 무장하고 있었다. 페드로 파라모는 그들을 저녁 식사에 초대했다. 그들은 자리를 잡고 앉았지만 말이 없었고, 식사 중에 모자도 벗지 않았다. 테이블 주위에는 초콜릿 차를 마시는 소리와 프리홀레스[33]를 얹은 토르티야 씹는 소리만 들릴 뿐 긴 정적이 흐르고 있었다.

페드로 파라모는 그들의 얼굴을 유심히 살폈다. 그러나 그들 중에서 아는 체하는 사람은 없었다. 한편 '흑사'는 그들 뒤쪽에 몸을 숨기고 있었다. 여차하면 뛰쳐나올 만반의 준비를 갖춘 뒤였다.

──파트론 여러분들, 부족한 것은 없습니까?

페드로 파라모는 그들의 식사가 끝나기를 기다렸다가 물었다.

──당신이 여기 주인이오?

한 사내가 대답 대신 물었다.

──잠깐, 당신과 얘기할 사람은 바로 나요!

---

33) frijoles. 삶은 콩을 주재료로 만든 걸쭉한 수프.

다른 사내가 그의 말을 막고 나섰다.

—좋소. 필요한 게 있습니까?

페드로 파라모는 그들에게 다시 물었다.

—보다시피 우리는 무기를 들고 일어났소.

—그래서요?

—그게 다요. 그런데 당신 눈에는 우리가 별거 아닌 것처럼 보이나 보군.

—무슨 일로 들고 일어났습니까?

—그거야 다른 사람들도 들고 일어났기 때문이오. 당신은 여태 그것도 몰랐던 거요? 우리에게 내려온 지시 사항 중에는 당신을 조사하라는 내용도 포함되어 있소. 우리가 여기 온 건 그것 때문이오.

—원한다면, 그 이유는 내가 다시 설명하리다.

또 한 사내가 끼어들었다. —우리가 정부나 당신네들에 맞서 반란을 일으킨 건, 더는 견디고 산다는 게 신물이 나서요. 소심한 정부와 당신네들은 비열하기 짝이 없는 악당이나 버터 냄새 풍긴다[34]는 도둑놈들과 다를 게 없거든. 특히 주지사에겐 이 총알이 우리가 말하고 싶은 바를 대신할 거요.

—여러분의 혁명을 성공적으로 완수하려면 얼마 정도 필요합니까?

페드로 파라모는 단도직입적으로 물었다. —혹시 도움이

---

34) '버터 냄새 풍긴다'는 멕시코에서 미국인들을 비하할 때 그링고(gringo)나 양키라는 비속어를 쓰듯, 거꾸로 그링고들이 멕시코인을 상대로 사용하는 경멸적인 표현이다.

될까 해서 묻습니다만.

— 페르세베란시오, 이 양반이 말귀를 제법 알아듣는 것 같으니 자네는 입을 닫게. 과업을 완수하려면 이런 부자들과 교섭하는 것도 과히 나쁘진 않아. 카실도! 우리에게 필요한 자금이 얼마쯤 되지?

— 그거야 이 양반 성의에 따라 다르겠지요.

— 이 인간은 피도 눈물도 없는 독종이오. 그러니 이자의 더러운 뱃속에서 옥수수 알갱이 한 톨까지 몽땅 꺼내야 합니다.

— 페르세베란시오! 자넨 가만있게. 좋은 게 좋은 거라고, 차분하게 의견을 좁혀보지. 카실도, 계속하게.

— 내 계산으로는 대략 2만 페소 정도면 시작치고는 적당할 것 같은데, 여러분 의견은 어떻소? 하지만 이 양반은 우리를 돕겠다고 자발적으로 나섰으니 5만 페소를 제시할 생각이오.

— 10만 페소를 내놓겠소.

페드로 파라모는 즉각 곱절을 제시하며 물었다. — 그런데 모두 몇 사람이나 되시오?

— 우리는 전부 삼백 명이오.

— 좋습니다. 그러면 방금 제시한 액수 외에 여러분을 도울 수 있는 삼백 명의 장정도 함께 내놓겠소. 여러분은 앞으로 일주일 후면 돈과 사람들을 보게 될 거요. 하지만 그전에 한 가지 부탁할 게 있는데, 돈은 그냥 드리지만, 사람들은 거사가 끝나거든 꼭 돌려주시오.

—그거야 긴말하면 잔소리 아니겠소.

　—여러분을 뵙게 되어 무척 기쁘군요. 그러면 일주일 후에 다시 봅시다.

　—좋소.

　마지막으로 대문을 나서던 사내가 한마디 덧붙였다. ——하지만 약속을 어기면, 그때는 페르세베란시오라는 이름을 기억하게 될 거요.

　페드로 파라모는 대답 대신 손을 내밀었다.

*

　—누가 우두머리 같더냐?

　페드로 파라모는 그들이 떠나자 '흑사'에게 물었다.

　—중간에서 눈길 한번 치켜뜨지 않던 배불뚝이 같았습니다. 돈 페드로, 다른 사람은 몰라도 제 눈만큼은 속일 수가……

　—틀렸다. 우두머리는 다마시오, 바로 너야. 너는 무슨 연유로 그자들과 함께하지 않았느냐?

　—제가 설치는 일은 마다하지 않습니다만, 때가 늦었습니다.

　—방금 모든 것을 보고 들었을 테니 긴말은 하지 않겠다. 지금부터 너는 네 이름을 걸고서 삼백 명을 모으도록 해라. 그자들에게는 내가 보내서 왔다고 전하고, 그자들과 함께 움직여라. 물론 차후의 일은 어떻게 해야 하는지 잘 알고 있겠지?

——약속하신 돈은 어떻게 하실 생각입니까?

——네게 일인당 10페소씩 쳐서 보낼 생각이다. 급할 때 쓸 돈만 가져오고, 나머지는 여기 놔두었다고 전해라. 여기저기 돌아다니는 처지에 거금을 갖고 다니는 것도 거추장스러운 일 아니냐. 그건 그렇고, '푸에르타 데 피에드라'[35]의 목초지가 마음에 드는지 모르겠구나. 그 땅은 오늘부터 네 것이다. 변호사 헤라르도에게 가면 네 이름으로 올려줄 게야. 다마시오, 그런데 무슨 생각을 그렇게 하고 있는 거냐?

——제가 무슨 생각을 하겠습니까. 어르신은 아직 저를 모르시나 본데, 이번 일은 그 땅과 상관없이 제가 원해서 하는 겁니다. 파트론, 아무튼 저를 이렇게까지 아껴주시니 몸 둘 바를 모르겠습니다. 누구보다도 제 처가 기뻐할 것을 생각하니 당장 울음이 터져 나올 것 같습니다.

——가는 길에 저기 있는 암소도 몇 마리 끌고 가도록 해라. 목초지에 짐승들이 놀아야 하지 않겠느냐.

——인도소도 괜찮겠습니까?

——물론이다. 네가 없는 동안, 네 처가 잘 키울 게다. 자, 다시 우리 이야기로 돌아가자. 너는 우리 땅에서 멀리 떨어져 돌아다니지 않도록 명심하고, 다 된 농사를 망치지 않도록 각별히 유의해야 한다. 그동안은 사람들을 시켜 네 가족을 잘 보살피도록 지시할 테니 집안일은 신경 쓰지 않아도 될 게야.

——파트론, 그럼 다시 뵙겠습니다.

---

35) Puerta de Piedra. '석문(石門)'이라는 뜻이다.

*

　—여보게, 후안 프레시아도, 그 여자가 무슨 얘기를 하던가?

　—어떤 남자에 대한 이야기였어요. 얼어붙은 돌처럼 차가운 발을 남자의 다리 사이로 집어넣자 빵 굽는 오븐 속으로 들어간 것처럼 따스했고, 덕분에 따뜻해진 발을 남자가 이제 막 오븐에서 구워낸 빵 같다며 깨물었대요. 그리고 남자 품에 안긴 채 정신없이 잠이 들었다가 날카로운 통증과 함께 자신의 몸이 열렸는데, 처음에는 둔탁한 충격에 얼떨떨하더니 나중에는 달콤한 기분에 젖어들면서 신음 소리까지 냈다더군요. 하지만 그 여자는 남자가 죽는 바람에 깊은 마음의 상처를 입었던 것 같아요.

　—남자라니, 누굴 말하는 거지?

　—그 여자보다 먼저 죽은 것만큼은 틀림없어요.

　—도대체 누구란 말이지?

　—나야 모르지요. 아무튼 남자를 기다리던 날 밤에 이상한 일이 생겼나 봐요. 한밤중인지 새벽녘인지는 모르지만, 누군가가 차가운 돌처럼 언 발을 따스하게 감싸는 듯한 느낌이 들어 살짝 눈을 떠보니 발이 신문지에 감싸져 있었대요. 그 남자를 기다리면서 읽던 신문이 자기 발 위로 떨어진 것인지, 아니면 누가 신문지로 감싼 것인지 그건 모르지만요. 그런데 바로 그 순간에 사람들이 찾아와서 남자가 죽었다고 알려줬나 봐요.

—필시 그 여자의 관이 부서진 게 틀림없어. 아까 널이 쪼
개지는 소리가 나더니만.

　　—맞아요, 그 소리는 나도 들었어요.

*

　　그날 밤 그녀의 꿈속에서의 몸부림은 다시 시작되었다. 그
런데 그 많은 일들을 기억하는 이유는 무엇인가? 도대체 그
기억이 과거에 들었을 부드러운 음악이나 단순한 죽음 같은
게 아닌 까닭은 무엇이란 말인가?

　　—부인, 플로렌시오 씨가 돌아가셨습니다.

　　얼마나 훤칠하게 생긴 사내였던가! 그의 목소리는 메마른
흙만큼이나 건조하고 묵직했다. 그의 얼굴이 차츰, 마치 두 사
람 사이를 비가 가로막듯 지워지고 있었다. '플로렌시오라니,
어떤 플로렌시오를 말하는 거야? 뭐, 나의 플로렌시오라고?
아, 나는 울지 않았지. 나는 나의 괴로움을 씻어내는 눈물도
거부했어. 하느님, 당신은 존재하지 않아요. 그 사람을 지켜달
라고 그토록 간구했건만, 당신은 그 사람의 영혼 외에는 아무
것도 지켜주지 않았어요. 내가 원한 것은 영혼이 아니라 육신
이었어요. 사랑으로 뜨거운, 욕망으로 달아오른 그 사람의 육
신, 떨고 있는 나의 팔과 가슴을 어루만지고 안아주던 그 사
람의 육신이었다고요. 투명한 내 몸은 그 사람의 품에 안겨
있었고, 그 사람의 품속에서 가뿐할 수 있었어요. 하지만 그
사람이 사라진 지금, 그의 입이 사라진 지금, 나는, 나의 입술

은 무엇을 할 수 있다는 건가요?'

석유등의 심지가 마지막 빛을 사르는 동안, 페드로 파라모는 문 옆에 서서 꿈속을 헤매고 있는 수사나를 지켜보았다. 그녀의 몸부림이 끝없이 계속되고 있었다.

적어도 그녀가 겪고 있는 몸부림이 단순한 고통의 몸부림이라면, 그녀의 꿈이 그렇게 산만한 꿈이 아니라면, 그녀의 중얼거림이 탈진이 될 때까지 이어지는 헛소리만 아니라면, 그는 그녀에게 어떤 위안이든 찾아줄 수 있었다. 그는 그녀의 움직임을 한순간도 놓치지 않으며 생각에 잠겼다. 만일 저 빛이 꺼지는 것과 동시에 그녀의 숨이 멎는다면?

그는 조심스럽게 침실을 빠져나왔다. 그리고 청아한 밤공기를 들이마시면서 수사나에 대한 상념에서 벗어나고 있었다.

수사나는 날이 샐 무렵 땀에 흠뻑 젖은 상태에서 잠을 깼다. 그녀는 갑자기 침대 밑으로 베개와 모포를 밀어내고 홑이불까지 훌훌 걷어냈다. 홑이불이 들추어지는 순간 새벽의 찬 공기 속에서 실오라기 하나 걸치지 않은 그녀의 몸이 드러나고 있었다. 그러나 그 사실을 아는지 모르는지 그녀는 긴 한숨을 몰아쉰 뒤에 다시 잠이 들었다.

몇 시간 후에 렌테리아 신부가 방에 들어설 때까지 그녀는 그렇게 잠들어 있었다.

*

——돈 페드로, 흑사가 패퇴했다는 소문을 들으셨습니까?

──간밤에 총소리를 듣긴 했지만, 아무것도 모르고 있었소. 그런데 헤라르도 씨, 당신은 어디서 그런 소식을 접한 거요?

──제 처가 코말라에 도착한 부상자들을 도우러 갔다가 들은 모양입니다. 다마시오의 부하들이었는데, 사상자가 많았답니다. 상대가 판초 비야 부대[36]였던 것 같습니다.

──어찌 이런 일이! 헤라르도 씨, 내가 이렇게 어지러운 세상을 만나게 될 줄은 꿈에도 생각하지 못했소. 그건 그렇고, 당신은 앞으로 어떻게 할 생각이오?

──사율라로 가야지요. 그곳에서 일을 다시 시작할 생각입니다.

──하긴 당신 같은 변호사들은 얼마나 좋겠소. 입만 깨지지 않으면, 자기 재산을 어디로든 가져갈 수 있으니 말이오.

──꼭 그런 것만은 아닙니다. 골치 아픈 일은 어딜 가나 생기니까요. 그렇기 때문에 어르신 같은 분들을 두고 떠나는 것은 참으로 괴롭고 안타까운 일입니다. 자신의 세계를 시시각각 깨뜨리며 사는 게 이런 직업 종사자라고 말하면 적절한 표현이 될지……. 돈 페드로, 이 서류들은 어디에 놔두면 되겠습니까?

──여기 두지 말고 가져가시오. 다른 곳으로 가게 되면, 여

---

36) villista. 판초 비야(Pancho Villa)로 더 잘 알려진 프란시스코 비야(Francisco Villa)가 이끄는 혁명군을 말한다. 비야는 북부 사령관으로 사파타와 함께 멕시코 혁명을 주도하였으나 끝내 뜻을 펴지 못한 채 1923년에 암살된 풍운아이다. 인간적인 면모와 행적에 관한 상반된 평가 속에서 전설적인 혁명가로 남아 있다.

기 일은 아예 모른 척하겠다는 거요?

—그렇게까지 저를 믿어주시니 몸 둘 바를 모르겠군요, 돈 페드로. 하지만 이 서류들을 가져간다고 해도 제 입장에선 사전에 양해를 구할 수밖에 없을 겁니다. 아시다시피 불법 행위가 판을 치다 보니 쉽게 판단할 일이 아니라서……. 어쨌거나 이 서류들은 어르신이 꼭 챙겨야 할 증거품입니다. 만에 하나 이 서류들이 다른 사람들 손에 들어가면, 그때는 좋지 않은 결과를 초래할 수도 있고……. 거듭 말씀드리지만, 이 서류들은 어르신이 보관하는 게 가장 안전합니다.

—듣고 보니 맞는 말이군. 헤라르도 씨, 그 서류들을 여기다 놔두도록 하시오. 이번 기회에 몽땅 태워버릴 생각이오. 그까짓 종잇조각이 없다고 어느 누가 감히 왈가왈부하겠소. 안 그런가요?

—지당하신 말씀이오, 돈 페드로. 아무도 그럴 수 없습니다. 아무도……. 그럼 저는 이만 물러갈까 합니다.

—하느님의 은총이 함께할 거요.

—방금 뭐라고 하셨습니까?

—하느님이 당신과 함께할 거라고 했소.

변호사 헤라르도는 천천히 물러나고 있었다. 그가 발걸음을 쉽게 떼지 못하고 미적거리는 것은 나이 탓도 없지 않지만, 그것보다는 자신에게 돌아올 보상을 잔뜩 기대한 탓이었다. 돈 페드로의 선친 돈 루카스는 물론이고, 돈 페드로의 아들 미겔 파라모의 일까지 도맡아 처리했기에 자신의 기대를 믿어 의심치 않았던 것이다. 그러나 그의 손에 쥐어진 것은 아무것도 없었으니, 역시 그의 아내가 했던 말이 그대로 적중한 셈이었다.

—돈 페드로에게 작별 인사를 하러 갈 참이오. 그동안 내가 한 일을 생각해서 적잖은 사례가 있을 거요. 그것으로 사율라에 사무실을 열고 남은 여생을 마음 편하게 보냅시다.

여자란 본래 의구심이 많은 존재인가? 아니면 하늘의 말씀을 듣기라도 한단 말인가? 그의 아내는 그의 기대를 탐탁하게 여기지 않았다.

—고개라도 똑바로 처들고 살아가려면, 허리가 휘어지도록 일해야 해요. 두고 보세요. 여기선 아무것도 얻어내지 못할 테니까.

—왜 그런 말을 하는 거요?

—나는 다 알고 있거든요.

대문을 향해 걷는 동안, 그는 두 귀를 쫑긋 세우고 있었다. '어이! 헤라르도 씨. 잠시 딴생각을 하느라 깜박한 것을 용서하시오. 그동안 나를 위해 당신이 했던 일을 어찌 돈으로 헤아릴 수 있겠소만, 이 사람 성의이니 부디 괘념치 말고 받아주시오.'

그러나 그를 부르는 소리는 들리지 않았다. 대문을 나온 그는 짐승의 재갈을 풀었다. 코말라로 가는 동안에도 누군가가 뒤에서 자기를 불러 세울 것 같은 조바심에 사로잡혀 있었다. 그는 메디아 루나가 보이지 않는 곳에 이르자, 그때서야 입 안에 맴돌던 생각을 꿀꺽 삼켰다. '그런 인간에게 돈까지 꿔달라고 부탁했으면, 내 체면은 뭐가 되었을까.'

─돈 페드로, 제 처신이 만족스럽지 못해 다시 돌아왔습니다. 여기 일은 역시 제가 맡는 게 도리일 듯싶습니다.

변호사 헤라르도는 발길을 돌린 지 채 반시간도 못 되어 페드로 파라모 앞에 다시 나타났다.

─그렇게 하시오, 헤라르도 씨. 서류는 아까 당신이 놓아 두었던 자리에 그대로 있을 거요.

─그런데 경비에다…… 사무실도 이전해야 하고……. 가불을 조금 할까 하는데, 그저 파트론의 처분에 맡깁니다만…….

─오백?

─조금만 더 생각해 주시지요.

─천?

─적어도 다섯 장은 되어야 하지 않겠습니까?

─다섯 장이라면, 오천 페소? 내 수중에 현금이 없는 것은 당신이 잘 알고 있소. 짐승들과 전답에 다 쓸어 넣지 않았던가요? 천 페소를 가져가시오. 사실 그렇게 많은 돈이 필요한 것도 아니잖소.

페드로 파라모가 지폐를 세는 동안, 고개를 떨어뜨린 헤라르도는 생각에 잠겼다. 보수 한번 제대로 주지 않았던 돈 루카스에 이어 페드로 파라모 앞에서도 똑같은 일이 반복되고 있었다. 특히 개망나니나 다름없던 미겔 파라모 때문에 겪은 수모는 결코 잊혀지지 않았다.

유치장에 갇힌 미겔을 빼낸 것만 해도 줄잡아 열다섯 번이 넘었다. 그중에서 렌테리아 씨 살해 사건을 해결하느라 백방으로 뛰어다닌 일을 생각하면 지금도 치가 떨릴 지경이었다. 죽은 자의 손에 총을 쥐여주고서 사건을 흐지부지 만들었건만, 미겔은 고맙다는 말 한마디 없이 하얀 이를 드러낸 채 히죽히죽 웃고 있었다. 사건이 합법적 절차에 따라 진행되었으면, 페드로 파라모가 자기 자식 때문에 무지막지한 액수의 돈을 털어 넣었을 사안이었다. 그것만이 아니었다. 미겔이 저지른 폭력 사건들을 무마하느라 자신의 호주머니를 턴 것도 부지기수였다. 그때마다 그는 사람들에게 말했다. "귀여운 아들 하나 얻은 셈 치시지요."

——여기 있소, 헤라르도 씨.

페드로 파라모가 돈을 건네며 말했다. ——돈이란 다시 되살아나는 게 아니니, 잘 간수하시오.

——하긴 죽은 사람도 다시 되살아나지 않더군요.

그는 여전히 불편한 심사를 감추지 못하고 덧붙였다. ——불행하게도 말입니다.

*

동이 트기에는 아직 이른 시간이었다. 밤하늘에는 어느 때보다 우쭐해 보이는 별들로 가득한데, 잠시 얼굴을 내밀었던 달은 자신을 보아주는 사람이 없어 상심한 듯 겹겹이 둘러싸인 산봉우리 뒤편으로 자취를 감춘 지 오래였다.

멀리 어둠 속에서 황소들의 울음소리가 간간이 들려오고
있었다.

"짐승들은 잠이 없어." 잠을 이루지 못하고 뒤척이던 다미아
나 시스네로스가 중얼거렸다. "밤새 잠을 안 자는 게, 불쌍한
영혼을 지옥으로 데려가기 위해 밤길을 나선 악마 같다니까."

그녀는 벽을 향해 돌아눕다 말고 귀를 쫑긋 세웠다. 어디선
가 벽을 두드리는 소리가 들렸다.

그녀는 가만히 눈을 뜨고 숨을 죽였다. 세 번, 분명 누군가
가 손가락으로 벽을 두드리는데, 침실 벽이 아니라 다른 곳이
었다.

'에그! 성 파스쿠알 바일론[37] 님이 평소 신앙심이 돈독한
사람에게 죽음을 알리고자 세 번을 두드린다는 그 소리가 아
니라면, 이게 무슨 변고란 말인가?'

그녀는 구일 기도를 하지 못하긴 했지만 관절염을 앓았던
터라 걸릴 것은 없었다. 그러나 그녀는 스스로를 위안하면서
도 내심 불안한 생각이 들었다.

그녀는 침대에서 내려와 창가로 다가갔다. 어둠 저쪽, 마르
가리타의 침실 창문 앞에서 사람의 형체가 조심스럽게 움직이
고 있었다. 거구로 보아 페드로 파라모가 분명했다.

— 쯧쯧! 딱하기도 하지. 아직까지 도둑고양이 같은 근성
을 버리지 못하다니 알다가도 모르겠어. 내게 살짝 귀띔만 해

---

37) San Pascual Bailón, 1540~1592. 에스파냐 아라곤 출생. 평범한 목자에
서 종교의 길로 들어선 인물로 장례회(葬禮會)를 관장하는 수호성인으로
추앙받았다.

쳤으면 마르가리타에게 단단히 일렀을 테고, 그랬으면 저렇게 사서 고생하지 않을 텐데.

그녀는 황소 울음소리를 들으며 창문을 닫았다. 그리고 침대로 돌아와 모포를 뒤집어쓰고 귀를 막았지만, 마르가리타의 침실에서 벌어지고 있을 광경이 눈앞에 아른거려 잠을 이룰 수 없었다.

밤의 열기가 후끈하게 달아오르고 있었다. 그녀는 모포를 걷어내고 속옷까지 벗었다. 어느새 그녀의 생각은 오래전의 과거로 돌아가고 있었다.

─다미아나!

누군가가 숨넘어가는 목소리로 그녀를 불렀다. ─다미아나, 문 열어!

어린 그녀는 심장이 마구 뛰기 시작하는 느낌을 받았다. 마치 두꺼비가 자신의 가슴 위에서 펄쩍펄쩍 뛰고 있는 것 같았다.

─무슨 일이세요, 파트론!

─어서 문을 열라니까!

─전 이미 잠자리에 들었는데…….

바깥에선 더 이상 기척이 없었다. 그 대신 저만치 멀어지는 발소리가 들렸다. 화가 극도로 치밀어 온 페드로 파라모의 발걸음 소리였다.

다음 날, 다미아나는 하루 종일 불안한 마음을 떨칠 수 없었다. 다시 밤이 되자 그녀는 문고리도 걸지 않고 실오라기 하나 걸치지 않은 채 모포 속으로 들어갔다. 그러나 페드로 파라모는 다시 오지 않았다.

그런데 이 순간, 다시 말해 세월이 흘러 나이가 들고 메디아 루나에서 모든 여자들을 다루는 위치가 된 지금 이 순간, 그녀는 그날 밤에 다급하게 자신을 부르던 페드로 파라모를 생각하자 가슴이 콩콩 뛰기 시작했다. "다미아나, 문 열어!"

다미아나가 현실로 돌아온 것은 또 다른 소리가 들려오던 순간이었다. 그러나 이번에는 그녀의 침실도 아니고 마르가리타의 침실도 아닌, 메디아 루나의 거대한 대문을 두드리는 소리였다.

그녀는 다시 창문을 열고 밖을 내다보았다. 그러나 방금 전에 보았던 페드로 파라모의 모습은 간데없고, 그 대신 비가 그친 뒤에 지렁이들이 꿈틀거리며 몸부림치는 듯한 소리가 들려오고 있었다. 마치 남성들의 열기 같은, 무엇인가가 불끈 일어서는 듯한. 그때 개구리와 귀뚜라미들이 일제히 목청을 돋우기 시작했다. 우기에 들을 수 있는 밤의 소리였다.

메디아 루나의 거대한 대문 쪽에서 등불이 타오르며 남자들의 모습이 보였다가 사라졌다. 이어 등불이 꺼졌다.

"나와는 상관없는 일들이 아닌가." 그녀는 혼잣말로 중얼거리며 창문을 닫았다.

*

──다마시오, 네 소식은 들었다. 어쩐 일로 그 모양이 되었느냐?

─잘못된 소문입니다, 파트론. 보시다시피 이렇게 말짱하지 않습니까. 게다가 저는 장정 칠백 명에 마부들까지 거느리고 있습니다. 일이 있었다면, 꼰대들 몇몇이 심심해하다 못해 연방군들에게 총 몇 방 쐈는데, 그게 큰 전투나 치른 것으로 와전되었던 겁니다. 파트론, 판초 비야 부대라고 들어보셨습니까?

─그자들은 어디서 왔느냐?

─북쪽입니다. 모두들 말이 두 필씩 있는데, 사방팔방을 돌아다니며 쓸 만한 땅을 눈여겨 보는 눈치더군요. 그자들은 그야말로 막강한 부대였습니다.

─너는 왜 그자들과 함께하지 않았느냐? 언제나 강한 쪽에 붙어야 한다고 그렇게 일렀거늘.

─저는 이미 그자들 편에 섰습니다.

─그렇다면 무슨 일로 나를 찾았느냐?

─돈이 필요합니다, 파트론. 우리는 생고기를 뜯는 일에 진력이 났습니다. 아니, 쳐다보는 것조차 신물이 날 지경인데, 누구 하나 외상 거래를 터주지 않는군요. 제가 여기 들른 것은 그 때문입니다. 그동안 우리는 파트론이 지켜보신다는 생각에 남의 것에 손대는 짓만큼은 자제했습니다. 멀리 떨어진 곳으로 돌아다닌다면야 그럴 수도 있겠지만, 이 일대 주민들은 이웃사촌이나 마찬가지 아닙니까. 파트론, 우리에게 당장 필요한 것은 피망이 들어간 고르다[38]라도 하나 사 먹을 수 있

---

38) gorda. 일반적으로 아주 두꺼운 옥수수 토르티야.

는 돈입니다.

—다마시오, 너는 지금 생떼를 쓰고 있구나.

—파트론, 제가 어찌 감히 어르신 앞에서 그런 짓을 하겠습니까. 저는 동료들을 대신한 것일 뿐, 결코 저 자신 때문에 이러는 게 아닙니다.

—동료들을 먹여 살리는 것도 좋지만, 그런 일을 다른 사람들에게 알려서 어쩌겠다는 거냐. 나는 네게 모든 것을 주었다. 그러니 너는 그 약속을 지켜야 한다. 그리고 이건 충고랄 것도 못 되지만, 이참에 콘틀라를 쓸어버리는 게 어떻겠느냐? 다마시오, 너는 무엇을 구하기 위해 혁명을 한다고 생각하지? 기왕 혁명에 나섰으면 한바탕 멋지게 해치워야 하지 않을까? 동냥질을 다닐 바에는 차라리 마누라와 짐승들이나 키우는 게 나을 게다. 지금 콘틀라는 부자들로 들끓고 있으니, 눈 한 번 질끈 감고 그자들이 가진 것을 몽땅 거둬들여라. 너는 집에서 처자식이나 돌볼 인물이 아니지 않느냐. 암, 아니고말고. 내가 아는 다마시오는 절대 소인배가 아니지. 다마시오, 이번 일은 네 모습을 각인시킬 수 있는 절호의 기회이자 돈이란 어떻게 생기는지를 알게 될 기회이다.

—지당하신 말씀입니다, 파트론. 저는 어르신을 뵐 때마다 유익한 것을 얻게 되는군요.

—그렇다면, 당장 행동으로 옮겨야 하지 않겠느냐.

페드로 파라모는 그들이 돌아가는 모습을 지켜보았다. 땀과 먼지에 뒤섞인 채 지축이 흔들리는 광경이 흡사 어둠 속에서 열병식을 거행하는 것 같았다. 그는 개똥벌레 한 마리가 불빛을 그으며 눈앞을 스쳐 지나갈 때에서야 그들이 떠난 것을 깨달았지만 딱딱한 통나무처럼 한참 동안 그 자리에 서 있었다.

그는 수사나를 생각했다. 그리고 이제 막 자신과 살을 섞었던 계집아이를 떠올렸다. 그는 두려움에 사로잡혀 부들부들 떨고 있는 계집아이에게 말했다. "정녕 이게 살이란 말이냐." 그는 그 아이를 수사나로 생각하며 껴안고 있었다. "하지만 어떤 여자는 왜 이 세상 사람이 아니란 말인가."

*

새벽이 시작되고 있었지만, 날은 거꾸로 어둠을 향해 가고 있었다. 대지에는 마치 지축을 붙들어 고정시킨 경첩이 움직이는 소리가 들리는 것 같았다. 흡사 어둠을 들춰내는 오래된 대지의 꿈틀거림 같은 소리였다.

―후스티나, 밤은 죄악으로 가득 차 있어. 그렇지?

―그래요.

―정말 그럴까?

―그렇다니까요.

―후스티나, 넌 삶을 믿는 게 아니라 죄악을 믿고 있지? 들려? 저 대지가 울고 있어, 그렇지?

―부인, 제 귀엔 아무것도 들리지 않아요. 나는 당신처럼 그렇게 놀라운 운명을 타고나지 않았거든요.

―너는 놀랄 거야. 너도 내가 듣고 있는 것을 듣게 되면

깜짝 놀라게 될 거라고.

후스티나는 수사나의 말을 꼬박꼬박 받아넘기며 침대 밑을 치웠다. 침실 바닥이 수사나가 깨뜨린 꽃병 조각과 꽃병에서 흘러나온 물로 흥건했다.

─후스티나, 이 세상에 사는 동안 새를 몇 마리나 죽였어?

─많이 죽였답니다.

─슬프지 않았어?

─슬펐답니다.

─너는 죽을 때 기다리는 게 뭐라고 생각해?

─그야 죽음밖에 더 있겠어요?

─바로 그거야. 이제 곧 오게 될 테니 걱정하지 마.

수사나는 베개에 기대어 앉아 있었다. 그녀의 손은 마치 조개집처럼 포개져 복부 위에 올려져 있고, 두 눈은 한곳에 고정되지 못한 채 사방을 두리번거렸다. 그녀의 머릿속에는 마치 도르래가 돌아가는 듯한 가벼운 윙윙거림이 계속되고 있었다.

─후스티나, 너는 지옥이 있다고 생각해?

─그럼요. 하지만 천국도 있잖아요.

─난 지옥만 있다고 생각해.

그녀는 다시 눈을 감았다.

후스티나는 수사나가 잠이 든 것을 확인한 뒤에 침실을 나왔다. 바깥에는 눈이 부실 정도로 강한 햇살이 내리쬐고 있었다.

─어떻더냐?

페드로 파라모가 물었다.

—안 좋습니다.

후스티나가 고개를 숙이며 대답했다.

—아직도 원망하고 있느냐?

—그렇지는 않습니다. 임종을 앞두면 원망하는 마음이 없어진다고 하지 않습니까. 부인은 의식조차 없습니다.

—렌테리아 신부는 오지 않았느냐?

—어젯밤에 오셔서 고해 성사를 받았습니다. 오늘 일찍 병자 성사를 치른다고 하셨는데, 성체가 없는 모양입니다. 그나저나 해가 중천인데 여태껏 오시지 않으니, 가엾은 분이 은총도 못 구하고 돌아가실까 봐서 걱정이 태산 같습니다.

—은총이라니, 누구의 은총을 말하는 게냐?

—하느님의 은총이지요.

—쓸데없는 말은 집어치워라!

—알겠습니다, 파트론.

문을 열자, 문틈으로 달려든 빛에 수사나의 윤곽이 드러났다. 페드로 파라모는 그 빛이 닿도록 한쪽으로 비켜 앉은 채 정신없이 뒤척이는 그녀를 지켜보았다. 온몸이 경련을 일으키고, 무겁게 내려앉은 눈꺼풀과 살풋 열린 입술이 그녀의 고통을 대변하는 것 같았다.

그는 모포를 끌어당겨 실오라기 하나 걸치지 않은 그녀의 몸을 덮어준 뒤, 가만히 귀에 대고 이름을 불렀다. "수사나!" 그의 낮은 외침은 계속되고 있었다. "수사나……!"

그때 침실 문이 열리면서 렌테리아 신부가 들어섰다. 신부는 몸가짐을 추스른 뒤에 차분하게 입을 열었다.

　　—영성체를 하겠소.

　페드로 파라모는 수사나의 상체를 일으켜 세워 침대 머리
쪽으로 기대게 만들었다. 꿈결에서 증오를 삼키고 있던 수사
나가 다시 중얼거리며 모포로 파고들었다. "플로렌시오, 비록
짧은 날이었지만 아주 행복했어요."

*

　　—도냐 파우스타, 저기 저 메디아 루나 좀 보세요. 하루
종일 불이 켜져 있던 창문 말이에요.

　　—창문이라니? 앙헬레스, 내 눈엔 아무것도 안 보이는데.

　　—그거야 지금은 어두워서 그렇죠. 설마 하니 메디아 루
나에 좋지 않은 일이 생긴 건 아니겠지요? 저 방은 삼 년 전부
터 불빛이 꺼진 적이 없어요. 페드로 파라모의 여자가 저 침실
에서 여태껏 병치레를 해왔거든요. 어둠 공포증에 걸린 사람
은 잠시나마 불이 꺼지면 미친다고들 하던데, 혹시 나쁜 일이
생긴 건 아닐까요?

　　—어쩌면 그 여자가 죽었는지도 모르지. 사람도 알아보지
못하고 헛소리만 해댄다고 하지 않던가요. 그 여자와 결혼하
더니, 자기 죗값을 톡톡히 치르는 게지 뭐.

　　—돈 페드로가 참 안됐어요.

　　—도냐 파우스타, 지금 무슨 얘길 하는 거죠? 그 양반은
죗값 정도가 아니라 그 이상을 치러야 해요.

—보세요, 아직까지 불이 들어오지 않았잖아요.

　—그만하고 집에 돌아가서 눈이나 붙입시다. 우리 같은 늙은이들이 돌아다니기엔 너무 늦었어요.

　밤 11시가 가까워진 시각이었다. 두 여인은 성당의 정문을 나서다 말고 멈춰 섰다. 누군가가 메디아 루나 쪽을 향해 위치한 광장을 접어들고 있었다. 낯익은 모습이었다.

　—도냐 파우스타, 저기 가고 있는 사람이 의사 선생 아닌가요?

　—그런 것 같군요. 내가 아무리 눈이 침침하기로서니 발렌시아 씨를 못 알아볼까.

　—그분은 늘 흰 바지에 검은색 상의를 입잖아요. 그런데 저렇게 서두르는 걸 봐선, 필시 메디아 루나에 급한 일이 생긴 게 틀림없어요.

　두 여인은 여전히 저만치서 총총걸음을 내딛는 발렌시아 의사의 뒷모습을 지켜보았다. 앙헬레스가 다시 덧붙였다.

　—하긴 다급하니 저렇게 서두르겠지요. 아무래도 성당으로 다시 돌아가서 렌테리아 신부님께 알려야 할까 봐요. 저 불쌍한 여인이 병자 성사도 못 받고 세상을 떠나면 안 되잖아요.

　—앙헬레스, 꿈속에서라도 그런 생각은 하지 마세요. 하느님도 원치 않는 일이니까요. 이 세상에 사는 동안 온갖 풍상을 다 겪은 뒤에 죽어서까지 고통을 받아야 한다니 말도 안 돼요. 소위 주술가라는 인간들이 미친 사람은 병자 성사를 해봤자 아무런 의미가 없다고 떠들지만, 설사 부정을 저질렀다 해도 영혼은 죄가 없는 거예요. 그건 딱 한 분, 하느님만 아시

는 일이니까⋯⋯. 저기 보세요. 이제 막 창문에 다시 불빛이 들어왔잖아요. 어쨌든 모든 일이 잘되었으면 좋겠어요. 만에 하나라도 잘못되면 요즘 우리가 성탄절을 맞이해서 성당을 깨끗이 치우고 정리했던 노력이 허사가 될 거예요. 페드로 파라모는 자기 힘을 믿고 모든 걸 엉망으로 만들고도 남을 위인이잖아요.

─도냐 파우스타, 당신은 왜 언제나 나쁜 쪽으로만 생각하세요? 그럴 바엔 차라리 나처럼 모든 것을 신의 섭리에 맡기는 편이 나을 거예요. 그러니 우선은 성모 마리아에게 기도하세요. 그 다음에는 하느님의 뜻이 이뤄지지 않겠어요⋯⋯?

─앙헬레스, 당신은 언제나 나에게 힘을 북돋워 주는군요. 그래요, 난 지금 그 말을 마음속에 품고서 잠을 청하겠어요. 잠결에 꾸는 꿈은 천국으로 간다고들 하지 않던가요? 내 꿈들도 천국까지 갈 수 있다면 얼마나 좋겠어요⋯⋯. 그럼, 내일 봐요.

─안녕히 주무세요.

마을은 다시 깊은 정적에 휩싸였다.[39]

---

39) 이 장에서는 전체적으로 교정이나 편집 상의 실수로 추정되는 오류가 발견된다. 이 장의 여섯 번째 대화("도냐 파우스타, 지금 무슨 얘길 하는 거죠? 그 양반은 찻값 정도가 아니라 그 이상을 치러야 해요.")부터 대화의 끝부분까지 화자가 뒤바뀐 것이 그것이다. 만일 오류라면, 여섯 번째 대화 문장에서 부르는 이름은 '도냐 파우스타'가 아니라 '도냐 앙헬레스'로 바뀌어야 한다.

*

　　—내 입은 흙으로 가득 차 있습니다.

　　—예, 신부님.

　　—'예, 신부님'이 아니라, 내가 하는 말을 그대로 따라하시오.

　　—무슨 얘기를 하실 건데요? 고해 성사는 받았잖아요. 그런데 왜 다시 해야 하는 거죠?

　　—고해 성사가 아니라, 죽음을 받아들일 준비를 하자는 거요.

　　—내가 죽게 된다는 건가요?

　　—그렇소.

　　—그렇다면, 왜 나를 가만히 두지 않는 거죠? 나는 쉬고 싶어요. 내 잠을 빼앗아 가려고, 내가 깨어날 때까지 여기 계셨군요. 눈을 떴으니, 이제 뭘 하죠? 아무것도, 신부님, 난 아무것도 할 게 없어요. 그러니 차라리 나를 이대로 놔두고 돌아가세요.

　　—나는 당신을 위해 여기 와 있소. 수사나, 그러니 내 말을 그대로 따라하시오. 그러다 보면, 당신 스스로 자신을 재우듯 저절로 잠이 들 것이고, 아무도 당신을 깨우지 못할 거요.

　　—좋아요, 신부님. 이제 신부님의 말씀을 따르겠어요.

　　침대 가장자리에 앉아 그녀의 어깨에 손을 얹고 있던 신부는 다시 그녀의 귓가에 대고 속삭이며, 간간이 그녀가 자신의 말을 따라하는지 확인했다. "내 입은 흙으로 가득 차 있습니다." 소리는 나지 않았지만, 그녀의 입술이 쉴 새 없이 움직이고 있었다.

"내 입술은 당신의, 당신의 입술로 가득 차 있습니다. 닫혀진 당신의 입술은 마치 내 입술을 짓누르고 깨무는 것처럼 딱딱합니다……."

그가 말을 끊자, 그녀의 입술도 움직임을 멈추었다. 그녀는 곁눈질로 신부를 쳐다보고 있었다. 마치 흐릿한 유리창을 통해 상대를 물끄러미 바라보고 있는 것 같았다. 신부가 다시 입을 열었다.

—나는 거품이 가득한 침을 삼킵니다. 나는 목을 틀어막고 구더기가 가득 찬 흙덩이를 깨물고 있습니다……. 나의 입은 나의 입에 구멍을 내고 나의 입을 정신 없이 먹어치우는 이에 뚫려 찡그리고 있습니다. 나의 코는 흐드러지고 나의 눈에는 끈적끈적한 액체가 녹아내립니다. 나의 머리칼은 한 줄기 불길에 타오르고…….

신부는 문득 이상한 기분이 들어 힐끗 그녀를 쳐다보았다. 그녀는 입술을 다문 채 마치 그의 의도를 다 알고 있다는 듯한 표정을 짓고 있었다. 신부는 그녀의 가슴을 열고 들어가 그녀의 마음을 알고 싶었다. 그는 그녀의 눈 속을 들여다보았다. 그녀 역시 그를 빤히 쳐다보고 있었다. 상대방의 미소를 강요하는 듯한 그런 눈빛이었다.

—아직 남았소.

신부가 다시 입을 열었다. —하느님의 시선과 무한한 천국의 부드러운 빛이 있습니다. 어린 천사 케루빔의 기쁨과 세라

핌 천사의 합창이 있습니다. 하느님의 환희에 찬 눈길과 영원한 형벌에 처해진 자들의 공허한 시선이 있습니다. 죄인들에게는 지상의 모든 고통들이 뒤따릅니다. 우리의 골수가 불로 변하고, 우리의 혈관이 불줄기로 변하는 상상할 수 없는 고통에 빠져 듭니다. 죄인들은 우리 창조주의 분노에서 나온, 결코 꺼지지 않는 불길에 휩싸입니다.

'그 사람은 두 팔로 나를 안아주고, 나를 사랑해 주었어요.'

렌테리아 신부는 고개를 들고서 마지막 순간을 지켜보고 있는 사람들을 죽 둘러보았다. 침실 문 가까이에 팔짱을 낀 페드로 파라모가 서 있고, 그 옆으로 발렌시아 의사와 몇몇 사람들의 얼굴이 보였다. 그리고 그들 뒤쪽으로 망자를 위한 마지막 기도를 드리고자 한 무리의 여자들이 기다리고 있었다.

신부는 그 자리에서 당장 물러나고 싶었다. 성유를 뿌리고 '자, 이제 모든 게 끝났습니다.' 하면 될 일이었다. 그러나 그녀의 마지막은 여전히 계속되고 있었다. 한 여인의 회한이 얼마나 깊은지, 그것을 알지 못한 채 성호를 그을 수는 없는 노릇이었다. 그의 마음속에 끊임없이 회의가 일고 있었다. 어쩌면 그 여인은 마지막 순간까지 어떤 후회나 고해를 해야 할 아무런 이유조차 없는지도 몰랐다. 신부는 다시 상체를 앞으로 기울여 그녀의 어깨를 가만히 흔들며 낮은 음성으로 타이르듯 일렀다.

——이제 당신은 거룩하신 하느님에게 가게 될 거요. 그러나 하느님은 죄인들에게는 몰인정하다오.

이어 그는 그녀의 입술에 귀를 갖다 댔다. 그러나 그녀는 고개를 저었다.

—돌아가세요, 신부님! 나를 위해 괴로워하지 마세요. 나는 지금 아주 평온하답니다. 자꾸 졸음이 쏟아지는 게……

그 순간 뒤쪽에 몰려 있던 여자들 사이에서 흐느낌이 들려왔다. 그리고 그 흐느낌 사이로 수사나의 짧은 외침이 파고들었다. 그녀는 마치 죽음의 순간에서 되살아난 사람처럼 벌떡 몸을 일으켰다.

—후스티나! 제발 다른 곳에 가서 울 수 없어!

순간 그녀는 자신의 머리가 눈앞으로 꺾이는 기분이 들었다. 눈이 튀어나오고 숨이 끊어지는 듯한 느낌과 동시에 자신의 머리가 복부로 처박히고 있었다. 그녀는 자신의 머리를 끌어올리려 안간힘을 썼지만, 그럴수록 자신의 머리는 더 깊은 곳으로 파고들고 있었다. 마치 밤의 어둠 속으로 빨려 들어가듯이.[40]

---

40) 플로렌시오에 대한 수사나의 몽상은 죽음과 함께 끝난다. 하지만 여전히 풀리지 않는 의문은, 수사나의 부친 바르톨로메가 그녀는 결혼한 몸이라고 말했음에도 불구하고, '과연 플로렌시오가 실제로 존재했는가.' 하는 부분이다. 이에 대해 작가는 다음과 같이 밝힌다. "그녀(수사나)와 결혼했다는 남자(플로렌시오)는 결코 존재한 적이 없다. 그것은 광기이고 환상일 뿐이다. 그녀는 바다에 대해서 알지 못한다. 어느 누구와도 결혼한 적이 없다. 죽을 때까지 부친과 함께 살았다."라고.

＊

—나는 가엾은 수사나가 죽어가는 모습을 지켜보았지.
—도로테아 아주머니, 지금 무슨 얘길 하시는 거죠?
—얘긴 무슨 얘기, 방금 다 말하지 않았나.

＊

동이 틀 무렵이었다. 사람들은 느닷없는 성당의 종소리에
잠에서 깨어났다. 12월 8일, 그날 아침은 냉기와 잿빛이 감돌
고 있었다. 온통 회색이었다. 큰 종소리에 이어 작은 종소리들
이 잇따라 울리기 시작했다. 어떤 사람들은 대미사가 열린 것
으로 생각했는가 하면, 이른 새벽에 눈을 뜬 사람들은 새벽
기도가 끝난 것으로 생각하기도 했다. 그러나 종소리는 대성
당에서만 들려오는 게 아니었다. 나중에는 상그레 데 크리스
토, 크루소 베르데에 이어 산투아리오에서도 종이 울리고 있
었다. 그 소리는 정오에도, 저녁에도, 밤에도 멈추지 않고 오히
려 차츰 커지고 있었다. 사람들은 의아한 마음을 감추지 못하
고 서로를 붙잡고서 그 연유를 물었다. "대체 무슨 일이야?"
　종소리는 사흘 동안 계속되었다. 마치 항아리에 담긴 물을
콸콸 쏟아내는 듯 끊임없이 이어지는 소리에 귀가 얼얼해서
대화를 나누기도 힘들 정도였다.
—도냐 수사나가 죽었대.
—죽다니, 누가?

페드로 파라모

——그 여자 말이야.

——그 여자라니?

——누구긴, 페드로 파라모의 여자 말이야.

사람들이 모여들기 시작했다. 다들 종소리에 홀린 듯 도처에서 몰려들고 있었다. 콤틀라, 아니 더 먼 곳에서 모여드는 사람들의 대열이 흡사 성지 순례 행렬 같았다. 그들 중에는 곡마단이나 거리의 악사들도 끼어 있었다. 조문객이든 구경꾼이든, 하나 둘씩 모여든 사람들이 가까워지면서 무리를 지어 어울렸다. 그사이 장례식은 축제로 변하고 있었다. 사람들로 발디딜 틈 없는 축제로 이어지고 있었다.

종소리가 그쳤지만 축제는 계속되었다. 그들에게는 한 여인의 죽음과 그녀가 죽는 순간까지 고통에 시달렸다는 사실을 납득시킬 수 없었다. 몰려든 사람들을 떠나도록 만들 방법 역시 없었다. 그들에게 있어 삶과 죽음은 별개 문제였다. 죽음은 이미 다른 일이었다. 오히려 사람들이 더 많이 모여들고 있었다.

메디아 루나는 정적에 휩싸여 있었다. 모두들 신발을 벗은 채 맨발로 걸었고, 나직하게 속삭이듯 이야기했다. 그 와중에 수사나 산 후안의 시신이 묻혔지만, 그 사실을 알고 있는 사람은 거의 없었다.

장날까지 겹친 코말라는 그야말로 난장판이었다. 투계장에 모인 사람들, 술에 취해 비틀거리는 사람들, 복권에 당첨되어 환호성을 내지르는 사람들로 북새통을 이루었다. 잿빛 하늘 밑에서 펼쳐지는 아수라장의 열기는 식을 줄 몰랐고, 거대한 후광처럼 타오르는 불빛이 사방으로 퍼져 나가면서 깊은 슬픔에 잠긴 메디아 루나까지 닿고 있었다. 돈 페드로는 입을 다물었다. 자신의 방에 처박힌 채 밖으로 나가지 않았다. 그는 스스로에게 다짐하고 있었다.

——두고 봐. 나는 팔짱을 낀 채 굶어서 죽어가는 코말라를 지켜보리라.

페드로 파라모는 그렇게 만들었다.

*

'흑사'는 계속해서 돈 페드로를 찾았다.

——이제 우리는 카란사[41] 군입니다.

——잘했구나.

——우리는 오브레곤[42] 장군 휘하에 있습니다.

——잘했구나.

——서쪽이 평화를 되찾았기 때문에 우리는 해산할 것입니다.

——기다려라. 그 평화는 오래가지 않을 것이니, 아직은 부

---

41) Venustiano Carranza. 1913년 마데로와 함께 우에르타 정부에 반기를 들었으며, 나중에 공화국 대통령으로 취임한다. 초기 혁명 동지인 판초 비야와 사파타와는 적대 관계였다. 1920년 피살되었다.
42) Álvaro Obregón. 멕시코 혁명기의 장군이자 정치가. 1920~1924년까지 대통령을 역임했다. 판초 비야에 맞서 카란사를 도왔으나, 나중에는 카란사와 적대 관계에 놓였다. 1928년 암살되었다.

하들을 무장 해제시켜선 안 된다.

　—렌테리아 신부가 무기를 들고 일어났답니다.[43] 그런데 우리는 그분과 함께해야 합니까, 아니면 반대편에 서야 합니까?

　—물어볼 것도 없이 정부 편에 서야 되지 않겠느냐.

　—하지만 우리는 정식 군대가 아니라 반란군으로 내몰린 신세입니다.

　—그렇다면, 그만 쉬어라.

　—그동안 한 일이 있는데, 이제 저는 어떡해야 합니까?

　—그것은 네가 알아서 할 일이다.

　—신부를 돕겠습니다. 그분이 들고 일어난 이유를 알고 싶었는데, 때마침 사람을 데려가면 구원까지 내린다는 겁니다.

　—마음대로 하거라.

*

　페드로 파라모는 메디아 루나의 거대한 대문 옆에 놓여 있는 낡은 팔걸이의자에 앉아 있었다. 이제 막 어둠의 끝자락이 걷히고 있었지만 의자에서 일어날 생각조차 없는 사람처럼 보였다. 밤새 뜬눈으로 뒤척이던 그가 밖으로 나온 지 세 시간이 지나고 있었다. 그는 잠을 자지 않았다. 잠자는 것도, 아니 시간이 흐르는 것도 잊고 있었다. "늙으면 잠이 없어진다고 하

---

43) 탈종교적인 국가 권력과 가톨릭의 대립이 빚어낸 종교 전쟁 '크리스테라' 반란을 암시한다.

지 않던가. 깜빡 잠이 들었다가도 헛생각을 하고 있으니, 이런 게 내게 남은 유일한 소일거리란 말인가." 이어 그는 목소리를 높여 중얼거렸다. "머지않았어, 머지않았다고."

그의 말이 끊어졌다 이어지고 있었다. "수사나, 당신이 떠난 뒤로 무척 많은 세월이 흘렀구려. 하지만 저 희미한 빛과 희 뿌연 안개에 휩싸인 새벽은 예나 지금이나 똑같소. 나는 여기 앉아서 동이 트는 새벽을 바라보았고, 하늘나라로 향하는 당신을 지켜보았소. 차츰 멀어져 가는 당신의 모습 뒤로 하늘이 열리면서 빛이 나타났고, 그 순간 당신은 영원히 사라졌소.

그게 내가 본 당신의 마지막 모습이었소. 당신은 저 오솔길에 줄지어 서 있는 향나무 가지를 스치듯이 떠나가고 있었소. 당신은 마지막 이파리에 남아 있던 당신의 숨결마저 가져가 버렸소. '돌아와 주오, 수사나!' 그게 나의 마지막 말이 될 줄이야……."

페드로 파라모는 한시도 쉬지 않고 입술을 움직이며 중얼거리고 있었다. 이윽고 가느랗게 뜬 눈꺼풀 사이로 희끄무레한 여명이 투영되고 있었다.

새벽이 열리고 있었다.

*

바로 그 시간, 도냐 이네스는 그녀의 아들 가말리엘 비얄판도의 가게 앞을 빗자루로 쓸고 있었다. 아분디오 마르티네스가 가게 안으로 들어선 것도 그 시간이었다. 도냐 이네스는 빗질이 끝나자 누워 있는 아들의 옆구리를 쿡쿡 찔렀다. 그녀의 아들은 밤새 성가시게 달라붙는 파리를 피해 모자로 얼굴을 덮은 채 잠들어 있었다.

—손님이 왔는데, 냉큼 일어나지 않고!

그때서야 진열대 위에 축 늘어져 있던 가말리엘이 부스스 눈을 뜨며 몸을 일으켰다. 잔뜩 구겨진 인상에 빨갛게 충혈된 눈으로 보아 늦게까지 술을 마시다가 잠이 든 모양이었다. 그러나 그는 의자에 앉더니 자신의 모친과 자기 자신에게 밑도 끝도 없는 신세 한탄과 욕설을 퍼붓고는 다리 사이에 손을 찔러 넣으며 다시 고꾸라졌다.

—나는 잘못한 게 없어! 이 시간에 술 처먹고 돌아다니는 주정뱅이에게는 잘못한 일이 없다니까!

—이런 못난 녀석 같으니! 여보게 아분디오, 자네가 이해하게. 글쎄 저놈이 어젯밤에 취객들과 어울려 새벽까지 잔을 주거니 받거니 하더니만 이 지경이 되었다네.

도냐 이네스는 가는귀먹은 아분디오 때문에 악을 쓰듯 목소리를 높이고 있었다.

—그래, 이렇게 이른 아침부터 무슨 일인가?

—다른 건 필요 없고, 알코올 반 리터만 가져가려고요.

—자네 처가 다시 기절이라도 했나?

—죽었어요. 지난밤 11시쯤, 나귀를 팔기 전까지만 해도 괜찮았는데…….

—무슨 말인지 들려야 말이지. 방금 뭐라고 했지?

—어젯밤에 제 마누라를 지켜보며 밤을 꼬박 새웠습니다.

마누라가 죽었거든요.

—어쩐지 이상한 기분이 들더니만, 그런 일이 있었구면. 그래서 저놈에게 '아무래도 오늘 누가 송장을 치우나 보다.' 했는데……. 그런데도 저놈은 어미 말을 들은 척도 하지 않고 손님들과 어울려 잔뜩 퍼마시더니 저렇게 뻗어버렸지 뭔가. 저 꼴을 보면 사람들이 비웃는다는 것도 모르고 잠이 들었으니. 그나저나, 문상객은 있나?

—없습니다. 그러니 제가 이렇게 술이나 마실 수밖에요.

—독한 원액으로 줄까?

—예, 후딱 들이켜고 곧바로 취해 버렸으면 좋겠어요.

—알겠네. 같은 가격에 이백 데시리터를 줄 테니, 자네 처에게는 내가 늘 아끼던 사람이었다고 일러주게. 하늘나라에서 부디 나를 잊지 말라는 말도 빠뜨리지 말고.

—그럴게요.

—몸이 더 굳기 전에 말하는 걸 잊어선 안 되네.

—제 처도 자신을 위해 기도해 달라고 아주머니에게 부탁할 겁니다. 그 여자는 아무도 지켜보지 않는 가운데 쓸쓸하게 떠났거든요.

—뭐라고? 그럼 자네는 어젯밤에 렌테리아 신부님을 찾아가지 않았단 말인가?

—갔었죠. 하지만 그분은 이미 언덕으로 올라갔답니다.

—언덕이라니, 어디 말인가?

—샛길로 빠져들면 나오는 언덕이요. 그쪽이 한창 떠들썩한 건 아주머니도 잘 아실 거고요.

──그러니까 그분마저……. 세상에! 이제 우리는 어떻게 살아가야 한담.

──비야 어머니, 그게 뭐가 그렇게 중요한 일이죠? 우리에게는 찾아주는 사람도, 떠나는 사람도 없잖아요……. 여기, 한 잔 더 주세요. 가말리엘은 자는 척하더니 정말 곯아떨어졌군요.

──고인에게 가거든, 나를 위해서 하느님에게 간구해 달라는 말을 잊어선 안 되네. 내게는 정말 중요한 일이거든.

──돌아가자마자 얘기할 테니, 이제 그만 좀 하세요. 이렇게 약속까지 하잖아요.

──암, 그렇고말고. 자넨 우리 여자들이 어떻다는 걸 잘 알지 않는가. 그 자리에서 약속을 받아내야 마음이 놓이거든.

아분디오는 다시 20센타보를 진열대 위에 올려놓았다.

──반 리터 더 주세요. 술을 조금 더 주고 말고는 비야 어머니 마음이니 알아서 하시고요. 이 술은 죽은 제 마누라 옆에서 마실 겁니다. 불쌍한 쿠카 곁에서요.

──내 아들이 깨기 전에 어서 가보게. 저놈은 술이 깨면 오만상을 찌푸릴 거야. 자, 이제부터 앞뒤 볼 것 없이 부리나케 달려가야 하네. 자네 처에게 내 말 전해 주는 것 잊지 말고.

아분디오는 딸꾹질을 해대며 가게를 나왔다. 독한 알코올을 목구멍에 털어 넣을 때마다 불덩이를 삼키는 느낌이 들었지만, 그저 빨리 취하고 싶은 마음뿐이었다. 그는 셔츠 자락으로 연신 입술을 훔쳐가며 손에 쥔 술병을 기울여 한 모금씩 들이켰다. 한시라도 빨리 죽은 아내가 있는 집으로 돌아가고 싶었다. 하지만 생각과 달리 그의 발걸음은 윗길로 향했고, 잠시 후에는 마을을 벗어나는 오솔길로 접어들고 있었다.

—다미아나!

페드로 파라모가 고함을 질렀다. —저기 누가 오는데, 어서 나와보지 않고 뭐 하고 있어!

고개를 앞으로 꺾은 아분디오가 비척비척 걸어오고 있었다. 말이 걷는 것이지, 두 손을 땅에 짚은 채 앞으로 한 발짝을 내딛었다가 뒤로 다시 한 발짝을 물러서는 걸음걸이였다. 그사이 오솔길은 그의 눈앞에서 휘어졌다 펴지고, 펴졌다가 다시 휘어지고 있었다. 그는 자신의 눈앞에서 제멋대로 움직이는 땅을 붙잡고자 손을 내밀었지만, 땅은 그때마다 그의 손아귀를 피해 저만큼 달아나고 있었다.

—도와주십시오.

마침내 거대한 대문 앞까지 걸어온 그는 낡은 팔걸이의자에 앉아 있는 사람을 보자마자 입을 열었다. —죽은 제 처를 땅에 묻어야 합니다.

그 광경을 지켜보던 다미아나가 기도했다. "하느님, 저희가 나쁜 자들의 간계에서 벗어날 수 있도록 보살펴 주십시오." 그녀는 기도를 마치자마자 아분디오를 가리키며 두 손으로 십자가를 만들었다.

아분디오는 두 손으로 십자가를 만든 채 놀란 눈을 부릅뜨고 있는 여자를 쳐다보며 부들부들 떨기 시작했다. 그는 마음속으로 자신을 뒤쫓아 온 악마의 흉측한 모습을 볼 수 있을지도 모른다는 생각에 고개를 뒤로 돌렸다. 그러나 아무도, 아무것도 보이지 않았다. 그가 다시 입을 열었다.

——저는 이곳에 도움을 청하러 왔습니다. 제발 죽은 제 처를 묻을 수 있도록 조금만 도와주십시오.

어느덧 해가 거대한 모습을 드러내고 있었다. 그러나 아분디오의 등 뒤로 솟아오르는 해는 냉기를 머금은 대지의 입자 탓인지 뿌옇게 일그러진 형상이었다.

바로 그 순간이었다. 페드로 파라모의 얼굴이 마치 빛을 가리듯이 모포 속으로 사라졌고, 동시에 다미아나의 입에서 터져 나온 외마디 비명이 들판 너머까지 퍼져 나갔다. "사람을 죽였어요! 돈 페드로가 죽어가고 있어요!"

아분디오는 여자의 비명 소리를 듣고 있었다. 그러나 그는 자신이 어떻게 해야 할지, 어떻게 하면 저 여자의 입을 틀어막을 수 있을지 막막하기만 했다. 그의 의식은 한곳으로 집중되지 못한 채 흩어지고 있었다. 절규에 가까운 여자의 비명 소리가 아주 먼 곳에서 들려오는 것 같았다. 어쩌면 그의 아내 역시 자신의 막힌 귀를 뚫어버릴 만큼 날카로운 비명 소리를 듣고 있을지도 몰랐다. 순간 그는 혼자서 쓸쓸하게 누워 있을 아내를 생각했다. 시신이 부패하지 않도록 마당의 침상 위에 눕혀놓은 아내의 얼굴이 떠올랐다. 쿠카, 그녀는 불과 하루 전만 해도 암말처럼 생생히 살아 숨쉬던 아내였다. 잠자리에서 코를 비비고 입술로 깨물던 여자였다. 태어나자마자 죽긴 했지만 그의 아들을 낳아준 여자였다. 시력이 좋지 않고 몸에 냉기가 흐르는 체질에 가슴앓이 병을 앓고 있었기에, 아니 의사의 말에 의하면 이름조차 모르는 병을 앓고 있었기에 자식을 낳을 수 없었다. 왕진을 다녀가는 의사에게 진료비를 지불

하기 위해 나귀까지 팔았지만 소용이 없었다……. 쿠카, 그녀는 찬 이슬을 맞으며 차디찬 침상 위에 누워 있었다. 동이 트는 것도 모른 채 눈을 감고 있었다. 달려오는 햇살도, 상큼한 아침 바람도, 아무것도 보고 느끼지 못한 채.

—도와주십시오.

그는 다시 애원했다. —제발 조금만 도와주십시오.

그러나 그의 목소리는 고막을 찢을 듯한 다미아나의 비명 소리에 눌려 들리지 않았다.

멀리 코말라에서 검은 물체들이 움직이고 있었다. 잠시 후, 그 물체들이 사내들의 모습으로 바뀌고 아분디오를 에워싸기 시작하면서, 다미아나의 날카로운 외침 소리가 끊겼다. 그러나 십자가를 만들었던 손이 스르르 풀리는 것과 동시에 그녀가 앞으로 고꾸라졌다. 그녀의 입이 마치 긴 하품을 하듯 힘없이 열려 있었다.

사내들이 황급히 달려들어 그녀의 몸을 일으켜 세운 뒤에 안채로 데려갔다.

—별일 없습니까, 파트론!

그들이 물었다.

페드로 파라모는 모포 밖으로 얼굴을 내민 채 대답 대신 천천히 고개를 끄덕였다.

그들은 피로 범벅이 된 아분디오의 손에서 비수를 빼앗았다.

—아주 잘 걸렸군. 네놈은 우리와 함께 가야겠어.

그들은 마을 어귀에서 잠시 시간을 내달라는 아분디오의 청을 받아들였다. 그는 몇 걸음을 옮기자마자 썩은 담즙 같은 누런 액체를 토해 내기 시작했다. 콸콸 쏟아내고 있었다. 그는 머릿속이 화끈거리며 혀가 딱딱하게 굳는 느낌이 들었다.

—난 지금 취한 거야.

그들은 아분디오가 돌아오자 어깨동무를 하듯 부축하며 발끝으로 길을 열었다. 그러나 그들의 발길은 마을이 아닌 밭고랑 쪽을 향하고 있었다.

*

페드로 파라모는 팔걸이의자에 몸을 내맡긴 채 마을을 향해 나 있는 오솔길을 바라보고 있었다. 그는 몸을 일으키다 말고 그대로 주저앉을 수밖에 없었다. 자신의 왼손이 무릎 위로 힘없이 떨어지는 느낌이 들었지만, 날마다 자신의 신체 일부가 떨어져 나가는 느낌에 익숙해져 있었기에 개의치 않았다. 그는 스스로 자신의 이파리들을 떨어뜨리는 향나무를 바라보았다. '모두들 똑같은 운명을 선택하고, 그렇게 가는 거야.' 이어 그는 방금 전까지 머릿속에 떠올리고 있던 수사나를 생각했다.

"수사나, 어서 돌아오라고 그렇게 일렀거늘……."

그는 눈을 감고 중얼거리기 시작했다. "휘영청 밝은 달이 떠 있던 날, 나는 당신을 쳐다보느라 눈이 멀 정도였어. 당신의 얼굴에 달빛이 스며드는데, 넋을 잃을 수밖에. 달빛이 보드랍게 스쳐 간 얼굴, 별빛이 만든 무지개 빛깔로 촉촉한 입술, 밤의 물결에 투명하게 드러나던 당신의 육신. 수사나, 수사나 산 후안……."

그는 자신이 떠올리던 영상들을 붙잡으려는 것처럼 허공을 향해 손을 들어올렸다. 그러나 몸이 말을 듣지 않았다. 한 팔에 이어 두 다리 또한 돌처럼 굳어 펴지지 않았다. 다른 팔을 들어올렸지만 마찬가지였다. 팔이 힘없이 아래로 떨어지는가 싶더니, 마치 탈골된 어깨를 지탱하는 목발처럼 바닥까지 저절로 늘어뜨려졌다.

"내가 죽어가고 있는 거야."

해가 모든 사물들을 고유의 형태로 되돌려 놓고 있었지만, 그의 눈앞에 보이는 황폐한 대지는 텅 비어 있었다. 그의 몸은 뜨거운 열기에 휩싸이고, 그의 눈동자는 초점을 잃어가고 있었다. 그의 의식은 한곳에 집중되지 못한 채 조각조각 흩어지며 과거의 기억들을 건너뛰고 있었다. 돌연 세월의 흐름이 정지되듯, 뛰고 있던 심장이 박동을 멈추었다.

'이제 새로운 밤은 찾아오지 않아.' 그는 유령들로 가득 찬 밤의 세계를 두려워하고 있었다. 유령들과 함께 땅속으로 묻힐 두려움에 떨고 있었다.

'이제 곧 아분디오가 나를 찾아오겠지. 피투성이가 된 두 손으로 내가 거부했던 돈을 달라고 할 거야. 하지만 나는 그자를 피해 눈을 가릴 손이 없어. 그래서 그자가 하는 말을 듣고만 있을 수밖에. 날이 새면서 그자의 목소리가 사라질 때까지, 그자의 목소리마저 죽을 때까지.'

그는 누군가의 손길이 자신의 어깨를 어루만지고, 몸을 일으켜 세우는 느낌을 받았다.

──저예요, 돈 페드로.

다미아나가 말했다. ──점심을 이곳으로 가져올까요?

──아냐, 내가 가지. 지금 가고 있어.[44]

페드로 파라모는 그녀의 팔에 기댄 채 몸을 움직이려고 기를 썼지만, 몇 걸음도 걷지 못하고 앞으로 고꾸라지고 있었다. 마음속으로 무슨 말을 중얼거렸지만, 입 밖으로 토해 내지 못한 채 쓰러지고 있었다. 땅에 부딪히는 둔탁한 소리와 함께 거대한 돌무더기처럼 허물어지고 있었다.

---

44) 이 부분은 대부분의 비평가들에 의해, 이미 죽은 다미아나(앞에서 아분디오의 비수에 살해된 것으로 추정된다.)가 페드로 파라모를 죽음의 세계까지 동행하는 상징적인 장면으로 해석된다.

『페드로 파라모』, 낯선 구조의 책 읽기

라틴 아메리카 문학이 1950년대까지 세계 문학의 가장자리에 위치한 변방 문학이었음은 주지의 사실이다. 라틴 아메리카 문학이 서구 중심의 틀 속에서 도외시된 일면이 없지 않지만, 그보나는 인디오 분학과 밀림 문학 혹은 혁명 문학 같은 전통적 리얼리즘 문학이나 토착 문학에 지나치게 집착했던 탓이 크다. 그러나 1960년대에 들어서면서 라틴 아메리카 문학, 특히 소설은 세계 문학에 급격한 변화를 가져온다. 이른바 '붐 세대'—마리오 바르가스 요사, 카를로스 푸엔테스, 가브리엘 가르시아 마르케스, 홀리오 코르타사르—로 불리는 작가들이 극단적이고 파괴적인 언어와 새로운 구조나 문체 실험 등 혁신적인 창작 기법을 통해 지역성을 뛰어넘는 보편성을 획득하고, 나아가 소설이 죽었다는 서구의 비관적인 전망을 소생

시키는 기폭제 역할을 하게 된 것이다. 그때부터 세계의 이목은 변방에서 중심으로 이동한 라틴 아메리카 산문 문학의 '고전들'로 향하여 조이스, 포크너, 프루스트, 울프를 집약시킨 거인을 만나게 되는데, 그가 바로 『페드로 파라모』 이후 긴 침묵으로 일관하고 있던 후안 룰포이다.

후안 룰포, 그의 고독과 침묵[1]

후안 룰포는 지극히 독창적이고 예외적인 작가다. 그는 두 편의 작품, 다시 말해 오늘날까지 끊임없이 읽히고 재해석되는 유일한 단편집 『불타는 평원』과 유일한 소설 『페드로 파라모』를 남기지만, 이후 평생을 따라붙는 고독 속에서 절필로 대변되는 침묵으로 일관하다 삶을 마감한다.

작가의 고독은 유소년기의 어두운 기억에서 기인한다. 채 가시지 않은 멕시코 혁명(1910~1917)의 기운을 느끼면서, 피비린내 나는 '크리스테라 반란(Rebelión de Cristera, 1926~1928)'을 지켜보면서 어린 시절을 보내는 동안, 부친과 부친의 형제들을 잃는 아픔을 겪은 것이다. 그의 작품 배경이 주로 지엽적이고 배타적인 지역에 한정된 것과 그의 작품 분위기가 우울하다 못해 비극적으로 느껴지는 것, 그리고 나아가 그의 작품

---

1) 이 부분에 인용된 작가의 말은 『페드로 파라모』 이후 작가가 삼십 년 만에 쓴 회고문에서 발췌한 것이다.

에 대한 분석들이 작가의 유소년기와 연관되어 이루어지는 이유가 여기에 있다. 그 후 그는 모친까지 일찍 여의게 되자 학업을 지속하기 위해 과달라하라와 멕시코시티의 학교나 친척 집을 전전하게 된다. 당시의 생활을 작가는 이렇게 회고한다.

1933년 멕시코시티에 도착했을 때, 나는 채 열다섯 살도 되지 않은 나이였다. 학교에서 과달라하라에서의 학업을 인정해 주지 않아 수업을 청강할 수밖에 없었다. 한 사촌 댁에서 생활했는데 (……) 인근에 있는 차풀테펙 숲이 전부 나의 정원인 셈이었다. 그곳에서 나는 혼자 걷거나 책을 읽을 수 있었다.

룰포가 문학의 길로 들어선 것은 1936년 내무부 이민국에서 근무하던 시절로 기록되어 있다. 그에게 있어 창작은 거대한 도시에서의 고독을 달래기 위한 방편이었다. "나는 아무도 알지 못하고 지냈다." 작가는 말한다. "나는 고독과 함께 살고, 고독과 함께 대화를 나누었다. 나는 고민과 상념으로 밤을 지새웠다. (……) 나는 이러한 감상들에서 벗어나고자 원고지를 채워나갔다." 그의 문학에 있어 조력자 역할을 한 시인이자 단편 작가인 에프렌 에르난데스를 만난 것도 그 무렵이다. 그러나 그의 첫 작품은 실패한다.

근무가 끝난 뒤에 사무실에서 틈틈이 쓴 자전적인 원고 '낙담에 빠진 아들'은 발표되지 못하고(그가 파기한 원고의 일부분 「한 조각의 밤」은 1959년 《멕시코 문학지》에 실린다.), 1945년에 쓴 「인생살이가 꼭 그렇게 심각한 것만은 아니다」는 발표되긴 했지만 스스로 만족하지 못한다. 아울러 같은 해에 발표된 「그들은 우리에게 땅을 주었다」와 「마카리오」의 결과 역시 마찬가지다. 두 단편에 대해 작가는 "나는 도회지 작가가 아니다. 나는 그것과 다른 이야기, 즉 내 고향과 고향 사람들 틈에서 보고 들었던 것을 형상화하고 싶었다."고 말하였으며 나중에 단편집에 포함시킬 만큼 애착을 가졌지만 외면당한 것이다. 1953년에 15편의 단편을 묶은 『불타는 평원』이 발간되는데, 처음에는 일부의 주목만 받았을 뿐 반응이 작가의 기대에 미치지 못한다. 당시의 상황을 작가는 이렇게 회고한다.

(……) 처음에는 실패작이라고 생각했다. 초판본의 판매는 전무했다. 이천 부, 아니 최대로 잡아봐야 사천 부 찍은 작품이었다. 그나마 사람들의 손에 쥐어진 것도 내가 돌린 책이었다. 나는 초판본의 절반을 선물했던 것이다.

그러나 첫 작품의 실패와 단편집에 대한 실망은 신화를 창조하기 위한 서곡이었을 뿐이다. 이후 그는 자신의 인생에서 어느 때보다 집중적이고 열정적인 창작 기간을 갖는다. 1954년에 『페드로 파라모』의 부분 원고 두 편이 각각 '달 옆에 있는 별 하나'와 '속삭임들'이라는 제목으로 발표되며, 이듬해인 1955년에는 라틴 아메리카 문학의 영원한 고전으로 남을 『페드로 파라모』가 출간된다. 책이 나오자 많은 비평가들은 호평을 아끼지 않으면서도 결정적인 평가를 유보하였으며, 소설의 낯선 구조를 이해하지 못한 이들도 없지 않았다. 작가 후안 룰포를, 동시에 그의 작품들이 지니고 있는 잠재적인 깊이와 미래를 미처 헤아리지 못했던 것이다. 작가는 『페드로 파라모』의 출간 당시 일화를 이렇게 회고한다.

알리 추마세로는, 『페드로 파라모』에 작품의 전체를 아우를 만한 핵심이 결핍되어 있다고 말했다. 그러나 나는 무엇보다 구조에 역점을 두고 쓴 작품이었기에 그의 지적이 부적절하다고 생각하면서도 이렇게 말했다. "자네는 폰도(Fondo de Cultura y Económica)의 제작팀장이면서 책이 좋지 않다고 쓰겠다는 거군." 그러자 알리는 이렇게 맞받았다. "그것은 걱정 말게. 어떻게 쓰든 팔리지 않을 테니까." 그 친구의 말은 적중했다. 사 년 동안 팔린 게 고작 몇천 권이었으니 말이다. 나는 남은 책을 달라고 하는 사람들에게 주었다.

이처럼 후안 룰포는 그저 '독창적인' 작가라는 평가에 만족해야 했다. 『페드로 파라모』를 찾는 독자가 늘어나면서 단편집 『불타는 평원』까지 다시 읽히게 되고, 마침내 '붐 세대'의 폭발적인 성공을 계기로 세인의 이목이 라틴 아메리카 문학의 고전으로 집중될 때까지는.

낯선 구조의 소설 읽기

작가가 강조하듯 '구조에 역점을 두고 쓴 작품' 『페드로 파라모』는 두 종류의 책 읽기를 요구하는 작품이다. 그 이유는 먼저 이 작품이 라틴 아메리카 문학사에서 1940년대까지 찾기 힘든 혁신적인 창작 기법을 적용한 독특한 리얼리즘 문학으로, 나아가 환상적 사실주의나 마술적 사실주의 문학으로 다루어지기 때문이며, 다른 하나는 기존의 혁명소설에 결여되어 있는 비전을 새롭게 제시하는 후기 혁명소설의 영역에 속하기 때문이다.

소설 『페드로 파라모』는 전체적으로 룰포의 다른 단편 작품들 대부분과 비슷한 특징을 지니고 있다. 언어에 있어서 작가 특유의 시적인 문체와 대중적인 구어체(주로 할리스코 주 방언)가 돋보이며, 테마에 있어서는 고립된 농촌을 배경으로 고독, 희망이 없는 미래, 삶에 대한 회의와 절망, 폭력과 죽음 등 그곳에서 뿌리를 박고 살아가는 인간들의 어둡고 무거운 삶의 이야기가 작품 전체를 지배한다. 다른 점은 『페드로 파라모』가 전통적 리얼리즘에 충실한 대부분 단편들의 상징성을 통합하는 한편, 자신만의 독창적인 산문 문학으로 안내하는 외적 구조(플롯)를 지니고 있다는 것이다. 작품의 구조에 대해 곤살레스 보이소는 "룰포가 복잡한 구조를 통해 『페드로 파라모』를 창작한 것은 분명하다."고 전제하면서 "그것은 단순히 새로운 기법들을 적절히 조화시킨, 터무니없는 어려움을 창조하기 위한 어설픈 노력에 의한 것이 아니라, 작품 자체의 테마가 명백한 혼돈을 요구하는 까닭"이라고 설명한다.[2]

---

2) 소설의 구조는 곤살레스 보이소(José Carlos Gonzáles Boixo)가 편집한

『페드로 파라모』를 펼치는 순간에 독자가 낯선 책 읽기에 직면하는 것은 텍스트 자체의 낯선 구조 때문이다. 70편의 조각 ——이하 장(章)으로 부른다——으로 구성된 작품은 화자에 따라 크게 두 부분으로 나뉘는데, 하나는 프레시아도('나')가 이끌어가는 1인칭 화자 부분(전반부)이며, 다른 하나는 3인칭 화자 부분(후반부)이다. 또한 이 작품에는 수사나의 독백이나 페드로 파라모의 독백에서 보듯 2인칭 화자까지 등장한다.

먼저 전반부(이 부분의 화자는 느닷없이 프레시아도에서 도로테아로 바뀐다.)는 텍스트가 펼쳐지는 순서, 다시 말해 연대기적인 시간의 흐름에 따라 전개되다가 프레시아도의 죽음을 강하게 암시하는 92쪽에서 일단락된다. 그리고 전반부에서 간헐적으로 진행되던 후반부는 다양한 화자들(등장인물들)의 대화나 독백으로 이루어지면서 나중에는 연대기적인 시간의 흐름조차 불분명해진다. 반면 작품의 줄거리는 복잡한 외적 구조에 비해 비교적 단순 명료하다.

후안 프레시아도는 모친의 유언에 따라 생부인 페드로 파라모를 찾아간다. 그러나 부친이 살고 있다는 코말라는 사람이 살지 않는 유령의 세계이다. 프레시아도는 자신이 죽음의 세계에 있다는 것을 자각하면서 차츰 정신을 잃어가며 죽음을 맞이하는데, 이 시점부터 이야기는 페드로 파라모를 중심으로 전개된다. 페드로 파라모는 코말라의 절대 권력자인 토

『페드로 파라모』(Catedra, 1986)의 작품 분석(11~60쪽), 특히 '외적 구조'에 대한 분석을 참고했음을 밝힌다. 곤살레스 보이소는 텍스트의 '외적 구조'를 바탕으로 책 읽기를 위한 다양한 분석을 제공하고 있다.

호(土豪)이며, 수단과 방법을 가리지 않고 갖고 싶은 것이라면 무엇이든 차지하고 마는 음흉하고 폭력적인 인물이다. 그러나 그는 평생 기다렸던 수사나의 마음을 구하지 못하자, 코말라를 황폐하게 만들고 끝내 죽음을 맞이한다.

또한 작품의 구조는 부분적으로 삽입된 장들 때문에 더욱 복잡하게 보인다. 삽입된 장들은 고딕체로 차별화된 돌로레스의 회고나 상념, 수사나를 향한 페드로 파라모의 연정, 플로렌시오를 찾는 수사나의 독백과 환상 등에서 찾을 수 있다. 여기서 삽입된 장들은 작품 전체와 긴밀한 연관성을 지니지 않고 삭제되더라도 줄거리에 영향을 끼치지 않는 독립성을 확보하며, 나아가 단편에서는 거의 찾기 힘든 시적 서정성을 획득하는 것과 동시에 음성이 실제로 들리는 듯한 효과를 내는 역할을 한다.(특히 프레시아도의 귀에 들리는 돌로레스의 음성이 그러하다.)

『페드로 파라모』에서 책 읽기를 낯설게 만드는 또 하나의 요인은 모호성(ambigüedad) 때문이다. 그 예는 등장인물 프레시아도의 명확하지 않은 죽음, 혹은 죽음의 시점에서 찾을 수 있는데, 독자는 처음부터 '프레시아도가 죽었는가? 죽었다면, 언제 죽었는가? 프레시아도가 만난 사람들은 산 사람들인가, 아니면 죽은 사람들인가?' 하는 의혹을 갖게 되고, "(나는) 대문을 두드렸다. 그러나 문이 아니었다. 나의 손가락은 마치 바람이 열어놓은 듯한 허공을 두드리고 있었다."의 경우에서 프레시아도의 행위가 이미 죽은 상태에서 이루어진 것인지, 아니면 살아 있는 상태에서 이루어진 것인지 단정할 수 없게 된다. 이러한 예는 "프레시아도는 살아서 코말라에 가고, 그곳에서 죽는다."는 작가의 진술에 의해 명확해지지만, 작가의 설명만으로 프레시아도의 주변에서 꼬리를 물며 드러나는 모든 의혹들을 해소하기는 어렵다. 작품 도처에서 발견되는 모호성은 페드로 파라모가 어떤 사람인지를 묻는 프레시아도에게 마부 아분디오가 "그 양반은 오래전에 죽었소."라고 대답하는 도입 부분부터 이미 시작되고 있으며, '수사나가 사랑하는 플로렌시오가 존재하는 인물인가, 아니면 그녀의 환영 속에서 창조된 인물인가?' 하는 의혹으로 이어지는데, 이 부분 역시 작가의 설명이 뒷받침되지 않으면 독자는 모든 상황을 자신의 추정에 의존할 수밖에 없게 된다. 이렇듯 이 작품은 비교적 단순한 줄거리임에도 죽은 자들의 세계라는 시공간적 배경과 언급한 낯선 구조에 모호성, 그리고 생략된 서술이나 대화까지 겹치면서 룰포만의 문학을 이루어낸 것이다.

한편 『페드로 파라모』는 푸엔테스의 『아르테미오 크루스의 죽음(La Muerte de Artemio Cruz)』과 함께 대표적인 혁명소설의 영역에서 다루어지고 있다. 주지하듯 20세기 전반 라틴 아메리카 문학의 주요 카테고리 중의 하나인 혁명소설은 1910년대의 멕시코 혁명과 함께 시작되며, 본격 혁명소설 세대와 후기 혁명소설 세대로 나뉜다. 『천민들』의 아수엘라나 『독수리와 뱀』의 구스만처럼 직접 혁명에 참여하거나 그 시대에 활동한 세대가 주류를 이루는 전자는 혁명의 의미와 과정을 연대기 문학이나 증언 문학 형식으로 다루는 반면, 후자는 혁명에 대한 긍정적인 시각보다는 부정적인 측면을 조명하며 혁명에 대해 새로운 시각으로 접근하고 있다. 물론 룰포의 작품들은 후기 혁명소설에 속하며, 『페드로 파라모』는 대부분의 단편들처럼 혁명소설의 주요 텍스트가 되는데, 이는 작품의 테마가 혁명의 주요 과제 중의 하나인 소외된 농촌 문제와 연관되어 있고, 기존의 혁명소설들에 비해 작품의 기법이나 구조가 독창적이기 때문이다.

소설 『페드로 파라모』를 혁명소설의 차원에서 바라볼 때, 맨 먼저 눈에 띄는 것은 황폐화된 농촌의 현실과 그들 위에 군림하는 토호의 절대적인 모습이다. 지방 토호를 상징하는 인물 페드로 파라모는 온갖 수단과 방법을 동원하여 코말라를 차지한다. 예를 들어 그는 돌로레스의 땅을 가로채고자 거짓 청혼을 하고 알드레테의 땅을 빼앗기 위해 참혹한 교살까지 마다하지 않는다. 그의 음흉한 성격과 잔혹한 폭력 앞에서 사람들은 마을을 떠나거나 죽는 날을 기다릴 수밖에 없게 된다.

『페드로 파라모』에서 룰포가 말하고자 하는 것은 땅, 즉 토지이다. 대부분의 단편에서 그렇듯 이 작품에서도 주요 테마가 되는 토지의 중요성은 마부 아분디오의 푸념에서 엿볼 수 있다.

"그런데 저 산등성이들 사이에 있는 땅이 누구 것인 줄 아시오? 그게 몽땅 페드로 파라모 거요."

토지는 농민에게 있어 삶이자 생명이다. 그러기에 토호에게 땅을 빼앗긴 주민들에게 남은 것은 죽음 아니면 혁명뿐이다. 이 작품에서 혁명을 통해 타파해야 할 대상은 무장한 혁명군과 페드로 파라모의 대화에서 드러나듯 무능하고 부패한 정부 뿐만 아니라 전횡을 일삼는 지방의 토호도 포함된다.

"(……) 우리가 정부나 당신네들에 맞서 반란을 일으킨 건 더는 견디고 산다는 게 신물이 나서요. 소심한 정부와 당신네들은 비열하기 짝이 없는 악당이나 버터 냄새 풍기는 도둑놈들과 다를 바 없거든. 특히 주지사에겐 이 총알이 우리가 얘기하고 싶은 걸 대신할 거요."

이렇듯 이 작품은 은연중에 혁명의 필연성을 제시하거나 혁명의 당위성을 역설하기도 하지만, 정작 혁명을 바라보는 작가의 시각은 전체적인 작품의 분위기에서 느낄 수 있듯, 특히 토후 페드로 파라모의 독심 ——"나는 팔짱을 낀 채 굶어서 죽어가는 코말라를 지켜보리라." ——에서 드러나듯이 극히 회의적이고 부정적이다. 이러한 예는 단편 「그들은 우리에게 땅을 주었다」에서도 찾을 수 있는데, 룰포는 이 이야기를 통해 혁명군에 가담했다가 땅을 주겠다는 정부와의 약속을 믿고 무기를 버린 농민들이 비 한 방울 오지 않는 척박한 황무지 앞에서 절망하는 모습을 그리고 있다. 사실 멕시코 혁명은 실패된 혁명이자, 오늘날까지 계속되고 있는 미완의 혁명이다. 혁명은 초기에 디아스 정권의 장기 독재 체제(1876~1911년)를 붕괴시키고 사회 구조의 변혁을 가져오기도 하지만, 그 과정에서 불거진 지도자들 사이의 갈등과 내분으로 인해 불완전한 토지 개혁 등에서 문제점이 나타나듯 본래의 방향과 본질을 상실한 것이다.

또 하나, 후기 혁명소설로서 간과할 수 없는 것은 작가가 혁명에 참가하지 않았음에도 정치적 격변기에 성장기를 보낸 기억과 경험을 바탕으로 혁명의 미묘한 속성과 이면을 예리하면서 간결하게 들추어낸다는 것이다. 이는 혁명의 연장선상에서 이해되는 종교 전쟁, 즉 '크리스테라 반란'에 가담하기까지 극도로 예민하게 변화하는 렌테리아 신부의 고뇌와 결단을 놓치지 않는 심리적 묘사에서도 찾을 수 있다.

"나는 나를 원하고, 나에게 자신의 믿음을 걸었던 사람들을 배신했어." "주임 신부님, 이 순간에도 마을 사람들이 죽어가고 있습니다." "저는 이미 비천해질 준비가 되어 있는, 아니 그럴 각오가 되어 있는 미천한 인간입니다." "렌테리아 신부가 무기를 들고 일어났답니다. 그런데 우리는 그분과 함께해야 합니까, 아니면 반대편에 서야 합니까?"

룰포의 『페드로 파라모』는 유령들의 지하 공동체(코말라), 한 여자(수사나)를 죽을 때까지 잊지 못하는 남자(페드로 파라모)의 지독한 사랑, 태초적 인간의 전형을 보여주는 남매(도니스 남매)의 모습, 평생 가질 수 없는 자식을 좇는 여자(도로테아)의 회한 등이 본 줄거리와 밀접하면서도 독자적인 맥락을 형성하면서 책 읽기의 풍요로움을 안겨준다. 또한 이 작품은 텍스트에 내재된 신화적이고 상징적인 요소들과 겹쳐 이중성 (dualidad) 같은 다양한 해석의 단초를 제공하면서 영원히 고갈되지 않는 분석의 대상이 되고 있다. 푸엔테스는 『새로운 라틴 아메리카 소설』에서 『페드로 파라모』가 신화에서 소설로 이전하는 직접적인 전이는 보여주지 않는다고 전제하면서, "신화적 상상이 멕시코 땅에서 재생되어 성장하고 (……) 신화의 전이를 통해 모든 등장인물들의 인간적인 모호성을 투영하며 (……) 그들을 통해 멕시코 들판의 언어와 혁명의 주제론을 세계의 보편적인 문맥으로 병합시킨다."고 역설한다.

『페드로 파라모』 이후

『페드로 파라모』를 발표한 뒤, 작가는 창작과 결별한다. 생전에 한번도 창작을 포기한 적이 없다고 말하지만, 1955년에 단편 「난장판이 벌어진 날」과 「마틸데 아르캉헬의 유산」을 발표하고 1980년 시나리오 작품집 『황금 수탉, 영화 텍스트』를 발간한 것을 제외하면 사실상의 절필에 들어간 것이다. 그사이에 「황금 수탉」과 같은 시나리오 작업과 창작 사진 작업에 지대한 관심을 갖거나 문학과 관련된 활동과 인디오 문제 같은 사회 활동에도 참여하지만, 작가는 거의 십 년 동안 구상했다는 '산맥(La cordillera)'을 파기하고 만다. 어쩌면 라파엘 콘테의 말처럼 평생 고독을 화두로 삼아 침묵으로 지낸 삶의 중

량과 이미 신화와 전설이 되어버린 『페드로 파라모』의 무게가 너무나 버거웠던 탓인지도 모른다.

150쪽에 불과한 소설, 이 소설로 멕시코 문학은 최정상에 오른다. 그리고 멕시코는 그들이 가진 최고의 우화들 중에서 하나를 세계적인 예술로 위임한다. 『페드로 파라모』는 모든 문학의 자식이며, 요약이며, 정점이다. 『페드로 파라모』 이후, 후안 룰포가 아무것도 발표하지 않은 것은 하나도 이상할 게 없다. 룰포는 영원히 소모되는 기적으로부터 나왔다.

『페드로 파라모』는 에스파냐 언어권에서 세르반테스의 『돈키호테』, 가르시아 로르카의 『집시가집』, 보르헤스의 『픽션들』, 가르시아 마르케스의 『백년의 고독』과 함께 《가디언》의 세계 100대 픽션에, 노벨상 연구소의 역사상 가장 중요한 문학 작품 100선에 선정된다.

후안 룰포는 1970년에 '국가 문학상'을, 그리고 1983년에 '아스투리아스 왕자상'을 수상한다. 그의 삶과 문학은 사후에도 '후안 룰포 상'으로 계속되는데, 그 상은 '반시(反詩, anti-poesía)'의 거장 칠레의 니카노르 파라를 첫 수상자로 선정하며 오늘날까지 이르고 있다.

우리말 번역을 위해 사용한 텍스트는 『후안 룰포, 모든 작품(Juan Rulfo/Toda la obra)』, México, Consejo Nacional para la Cultura y las Artes, 1992.(Colleción Archivos, No. 17)이다. 이

텍스트는 유네스코의 후원과 스페인과 프랑스 문화부의 지원을 받아 출간된 것으로, 1981년 작가가 검증한 원본(멕시코 FCE 출판사 출간)과 동일하다.

2023년 봄*
정창

---

* 2003년에 『페드로 파라모』 번역본이 처음 출간되었고, 그로부터 이십 년 만인 2023년에 리뉴얼이 이루어졌다. 이번 작업에서는 뚜렷한 오류를 제외하고는 첫 번역 때의 느낌과 흐름을 감안하여 최소한의 수정에 그쳤다. 역주 또한 부분적으로 가감했다. 그때나 지금이나 생경하게 다가서는 룰포의 텍스트를, 특히 그의 시적 언어와 방언을 우리말로 온전히 재현하는 데 있어 여전히 부족한 한계를 절감한다.

작품 해설 203

작가 연보

1917년   5월 16일 멕시코 할리스코 주 아풀코(Apulco)에서 3남 2녀 중 셋째로 태어났다.

1919년   산 가브리엘로 이주.

1924년   초등학교에 입학하던 해 아버지가 피살당했다.

1925년   산 호세피나 수녀원의 고아원에 기숙생으로 들어갔다.

1926년   한 사제가 개인 서가를 작가의 조모 집으로 옮기면서 이를 계기로 글 읽기를 시작했다.

1927년   학업을 계속하기 위해 과달라하라로 이주.

1930년   어머니가 사망한 뒤 산 가브리엘의 외가로 거처를 옮겼다. 초등학교 졸업.

1933년   과달라하라 대학교 부속 중학교에 들어가려 했으나 당시 학교가 파업 중이라 포기하고, 학업을 위해 멕시코시티로 이주했다.

1934년   중등 과정의 학업이 인정되지 않아, 산 일데폰소 학교에서 청강하며, 사촌의 집에 거주했다.

1936년   멕시코 국립자치대(UNAM)에서 청강.

내무부 이민국에서 근무.

1938년   근무 시간 후에 사무실에서 틈틈이 창작 활동을 했다. 소설 「낙담에 빠진 아들(El hijo del desaliento)」을 쓰기 시작했다.

1941년   과달라하라로 이주.

1945년   잡지 《아메리카(América)》에 단편 「인생살이가 꼭 그렇게 심각한 것만은 아니다(La vida no es muy seria en sus cosas)」 발표.

잡지 《판(Pan)》에 단편 「그들은 우리에게 땅을 주었다(Nos han dado la tierra)」와 「마카리오(Macario)」 발표.

1946년   멕시코시티로 이주.

'굿리치 에우즈카디(Goodrich Euzkadi)' 타이어 회사에서 영업 사원으로 근무했다.

《아메리카》에 「마카리오」가 다시 발표되었다.

1947년   클라라 아파리시오(Clara Aparicio)와 결혼하여, 장차 네 명의 자녀를 두게 된다.

단편 「우리는 아주 가난한 사람들이랍니다(Es que somos muy pobres)」 발표.

1948년   단편 「코마드레스 언덕(La Cuesta de las Comadres)」 발표.

1949년   첫 사진 작품 11편을 《아메리카》에 게재.

1950년   단편 「탈파(Talpa)」와 「불타는 평원(El llano en llamas)」 발표.

1951년   단편 「나를 죽이지 말라고 해(Diles que no me maten)」 발표.

1952년   잡지 《마파(Mapa)》에 후안 데 라 코사(Juan de la Cosa) 라는 가명으로 자신의 사진 작품들이 들어간 글 「메트 스티틀란(Metztitlán)」 발표.

1953년   15편의 작품이 실린 단편집 『불타는 평원(El llano en llamas)』이 FCE(Fondo de Cultura Económica) 출판사 에서 출간되었다.

1954년   『페드로 파라모』 원고 일부를 '속삭임들(Los murmullos)'과 '달 옆에 있는 별 하나(Una estrella junto a la luna)'라는 제목으로 잡지 세 군데에 발표.

1955년   『페드로 파라모』 출간(FCE 출판사).
단편 「마틸데 아르캉헬의 유산(La herencia de Matilde Arcángel)」과 「난장판이 벌어진 날(El día del derrumbe)」 발표.
단편 「탈파」를 각색한 첫 단편 영화 상연.

1957년   『페드로 파라모』로 '비야우루티아 상(Premio Xavier Villaurrutia)' 수상.

1958년   『페드로 파라모』가 다른 언어(독일어)로 처음 번역되 고, 이후 대부분의 주요 언어로 번역되었다.

1960년   과달라하라로 이주.

텔레비전 방송국에서 근무했다.

1962년   텔레비전 방송국을 그만두고, 멕시코시티로 이주했다.

1964년   영화 「황금 수탉(El gallo de oro)」 상연.

           '국립 인디오 협회'에서 근무.

1967년   『페드로 파라모』가 영화화되었다.

1970년   '국가 문학상(Premio Nacional de Letras)'을 수상했다.

1976년   '멕시코 언어 학술원(Academia Mexicana de la Lengua)' 회원으로 위촉되었다.

1980년   룰포에게 '국가 헌사(Homenaje Nacional)'가 주어졌다.

           시나리오 작품집 『황금 수탉, 영화 텍스트(El gallo de oro y otros textos para cine)』 발간.

1981년   사진 작품집 『지하 세계Inframundo』 발간.

1983년   스페인 '아스투리아스 왕자 상(Premio Príncipe de Asturias)' 수상.

1986년   1월 8일 멕시코시티 자택에서 타계했다.

세계문학전집 **93**

페드로 파라모

1판 1쇄 펴냄   2003년 12월 15일
1판 34쇄 펴냄   2023년 4월 4일

지은이   후안 룰포
옮긴이   정창
발행인   박근섭, 박상준
펴낸곳   (주)민음사

출판등록   1966. 5. 19. (제 16-490호)
서울특별시 강남구 도산대로1길 62(신사동) 강남출판문화센터 5층 (우편번호 06027)
대표전화 02-515-2000   팩시밀리 02-515-2007
www.minumsa.com

한국어 판 © (주)민음사, 2003. Printed in Seoul, Korea

ISBN 978-89-374-6093-7 04800
ISBN 978-89-374-6000-5 (세트)

세계문학전집 목록

세계문학전집은 계속 간행됩니다.